LA CHAMBRE VERTE

Martine Desjardins

La chambre verte

Alto

Catalogage avant publication de Bibliothèque et Archives nationales du Québec et Bibliothèque et Archives Canada

Desjardins, Martine, 1957-
    La chambre verte
    ISBN 978-2-89694-198-8
    I. Titre.
PS8557.E782C42 2016   C843'.54   C2016-940100-6
PS9557.E782C42 2016

Les Éditions Alto remercient de leur soutien financier
le Conseil des arts du Canada et la Société de développement
des entreprises culturelles du Québec (SODEC).

Gouvernement du Québec – Programme de crédit d'impôt
pour l'édition de livres – Gestion SODEC.

Financé par le gouvernement du Canada | **Canadä**
Funded by the Government of Canada

L'auteure remercie le Conseil des arts et des lettres du Québec
pour son appui financier.

Illustration de la couverture :
billet de banque de 1954 (détail),
avec la permission de la Banque du Canada

ISBN 978-2-89694-198-8

Pour Lucie, Louis, Élise, Michèle et Mireille,
en souvenir de nos parents.

Que celui qui a des oreilles pour entendre entende.
Matthieu 11:15

PROLOGUE

Je savais bien qu'ils finiraient par trouver le cadavre. Ce sont, après tout, des huissiers consciencieux. Leur minutie, portée jusqu'à l'acharnement, ne leur a-t-elle pas valu la réputation d'être les plus redoutables de leur profession ? Même si j'en avais douté, mes craintes se seraient dissipées dès l'instant où je les ai vus s'engager dans l'allée tortueuse qui mène à mon perron. Rares sont ceux qui osent s'aventurer dans le labyrinthe d'impasses, de ronds-points et de croissants qui sillonnent notre banlieue et qui, mieux que la clôture entourant notre périmètre, protègent nos secrets des intrusions du vulgum pecus. Encore plus rares sont ceux qui réussissent à se frayer un chemin jusqu'à mon adresse sans devoir demander leur route à des promeneurs de chiens, lesquels préfèrent d'ailleurs feindre l'ignorance plutôt que de se lancer dans des indications confuses et interminables.

Notre avenue, je l'avoue, n'est pas la plus facile à trouver, puisque c'est la plus courte de l'Enclave, mesurant en tout et pour tout un seul pâté de maisons. Elle doit cette infirmité au plan saugrenu de notre ville, qu'un urbaniste zélé, dans un délire monarchiste, modela sur les lignes entrecroisées formant le drapeau du Royaume-Uni. Pour s'y rendre, il faut d'abord repérer l'un des deux boulevards en diagonale et atteindre le centre sans s'égarer, virer à gauche après le bureau de poste, enjamber le pont franchissant la voie ferrée, passer devant la gare, longer la roseraie, contourner le grand parc jusqu'à la quincaillerie, tourner à droite après la pâtisserie, bifurquer enfin au premier coin de rue pour emprunter un chemin assombri par les érables. Je me dresse au bout de cette avenue, du côté sud, sur un lot jouxtant l'une des six succursales bancaires de l'Enclave, avec lesquelles je suis souvent confondue en raison de mon architecture particulière.

De même que certains hommes éprouvent pour les chemins de fer ou les ponts une curiosité inexplicable, Louis-Dollard Delorme, mon vénéré fondateur, a toujours voué aux banques une dévotion sans bornes. Son plus cher désir était que sa résidence privée rivalisât d'opulence avec les grandes institutions de la place d'Armes et, à l'architecte chargé d'en réaliser les plans, il donna une liste détaillée de ses spécifications : en façade, deux portes de bronze historiées, six colonnes corinthiennes et un tympan arborant les armoiries de la famille; au centre de la maison, un atrium en marbre surmonté d'une coupole vitrée; en guise de hall, une grande salle des guichets avec un plafond à caissons; sans oublier une chambre forte blindée à l'épreuve des cambriolages. Les coûts exorbitants de construction, cependant, eurent vite raison de ses ambitions, et il dut renoncer à la coupole, au marbre et au bronze, aux caissons. De son projet initial, je n'ai conservé que quatre colonnes sans chapiteaux sur le perron, un semblant de fronton orné d'un castor en bois sculpté, deux guichets en métal doré dans l'entrée, un modeste comptoir à bordereaux et, bien entendu, la chambre forte blottie dans l'épaisseur de mes fondations.

Les huissiers ne se sont pas laissé intimider par si peu. Il faut voir avec quel sang-froid ils ont pris possession des lieux après avoir défoncé ma porte. Ils ont d'abord expulsé les trois sœurs Delorme, qui s'étaient barricadées dans leurs chambres. Comme elles se débattaient en hurlant de vaines menaces, ils les ont saisies à bras-le-corps et les ont traînées dehors – une tâche d'autant plus aisée pour eux que les vieilles filles, depuis des mois, se nourrissaient exclusivement de thé et de toasts Melba. Aussitôt mes planchers débarrassés de cette encombrante présence, ils ont procédé à mon inspection et constaté que j'avais déjà été dépouillée de presque tous mes meubles. Sans jamais se laisser ralentir par les soixante-sept serrures qui verrouillent mes portes, mes armoires, mes tiroirs, mes coffres et mes compartiments, ils ont mis à peine quelques heures à faire l'inventaire méthodique des vestiges de mon passé, braves objets luttant seuls désormais contre l'écho des pièces désertes. Le bocal de Postum vide sur le manteau de la cheminée, le programme de l'hippodrome Blue Bonnets égaré entre les pages de l'annuaire téléphonique, la calculatrice Olivetti, la correspondance de train glissée sous la garniture d'un chapeau, le bout de savon Cuticura écrasé au fond du panier à linge, le coffre de pêche en métal vert, l'étole en fourrure de souris mitée, les gants de vaisselle en caoutchouc jaune abandonnés sur le bord de l'évier, le flacon de vanille caché sous un matelas, la vieille table de pique-nique rouillée, les ossements de chat calcinés dans l'incinérateur à déchets, le morceau de rosbif racorni derrière le calorifère, les élastiques de facteur autour des poignées de porte... Rien ne leur a échappé.

N'ayant rien déniché d'une quelconque valeur ni à l'étage ni au rez-de-chaussée, ils étaient sur les dents quand ils sont descendus au sous-sol. Tels deux loups en chasse à la fin d'un long hiver, ils m'ont remué les entrailles sans ménagement, ils ont fait sauter les arceaux des cadenas à coups de marteau, ils ont fouillé jusque dans mon ancienne soute à charbon. C'est ainsi qu'ils ont découvert, coincée derrière le réservoir à mazout, la porte de la chambre forte. Cette porte en acier blindé, de trois pouces d'épaisseur, ne présente ni poignée, ni serrure, ni charnières apparentes. Même un pied-de-biche n'aurait pu la forcer. Je leur ai donné un coup de main en déclenchant le mécanisme d'ouverture, dont je suis la seule ici à connaître le secret. La porte a tourné sur ses gonds mal huilés à la première poussée. Par l'embrasure, la chambre a exhalé une âcre odeur de fumée, à laquelle se mêlaient les vapeurs éthyliques des billets fraîchement imprimés. Les huissiers se sont précipités à l'intérieur, certains d'avoir enfin trouvé la fameuse réserve où, selon la rumeur, les Delorme cachaient leur fortune.

En admettant que l'on ait déjà entreposé de l'argent ici, il n'en restait certainement plus aucune trace. La chambre aux murs verdâtres était aussi dépouillée qu'une cellule de prison, à l'exception d'une masse informe mais néanmoins humaine qui était affalée sur le tapis de cendres recouvrant le sol. Je m'attendais à ce que les huissiers vomissent leur déjeuner sur-le-champ. Or, j'avais grandement sous-estimé la résistance gastrique de ces deux rapaces. Bien que, de leur propre aveu, ils n'eussent jamais fait découverte aussi macabre au cours de leurs longues années d'expérience, ils n'ont pas montré le moindre signe d'effroi. Ils ont sorti leur calepin et ajouté l'élément suivant à la fin de leur liste d'inventaire :

CADAVRE DE FEMME, cinq pieds et deux pouces de hauteur, âge indéterminé, vêtu d'une robe à pois blancs sur fond bleu en jersey de soie et chaussé de souliers lacés en cuir marine. Le corps semble momifié. Il a sans doute été préservé de la décomposition par la parfaite étanchéité de la porte d'acier. La peau a le même aspect noir et buriné que le cuir à rasoir d'un barbier. Les cheveux défaits sont de couleur cendrée. Entre les paupières mi-closes, on voit que les yeux se sont opacifiés. Les lèvres sont calleuses. Les dents sont solidement refermées sur une brique d'argile rouge, de facture artisanale, qui est rongée par endroits. Trois incisives sont cassées, les canines sont fracturées.

S'ils avaient pris la peine de dégager la brique de l'étau des mâchoires et qu'ils l'avaient fendue, ils auraient trouvé à l'intérieur une très ancienne pièce de monnaie à l'effigie de la reine Victoria en argent terni, usée à force d'avoir été frottée. C'est le seul trésor ici digne de ce nom – et celui qui, il y a plus de quatre-vingts ans, sema dans le cœur des Delorme le germe de leur propre destruction.

I

REZ-DE-CHAUSSÉE

Le doigt ganté de blanc s'approche et, avant même qu'il ne m'effleure, je me mets à sonner le tocsin comme un sapeur-pompier. Mon carillon strident perce d'outre en outre le tympan de mon vestibule et fait vibrer toute ma cage d'escalier. Évidemment, je m'égosille en vain. Derrière les portes closes de leurs chambres assourdies, les Delorme continuent de vaquer calmement à leurs activités. Ils croient n'avoir aucune raison de s'inquiéter. Pourquoi auraient-ils le moindre pressentiment que ce coup de sonnette vient signaler le début de leur lent déclin? Jusqu'à présent, rien n'a entravé la rigoureuse progression de leur ascension financière – ni le krach, ni la guerre, ni les soubresauts de l'inflation. Durant cinq décennies d'incertitude économique, ils ont bâti leur fortune à coups de retorses spéculations foncières et sont aujourd'hui les cupides propriétaires d'un immeuble d'appartements avec vue sur le parc, qui leur assure de substantielles rentrées d'argent tous les premiers du mois. Ce qui entre dans leurs coffres n'en sort jamais en dépenses inutiles. Ici, chaque sou est compté. Et recompté. C'est d'ailleurs leur passe-temps préféré. Tous les soirs après souper, sur le tapis vert d'une table de jeu, Louis-Dollard et Estelle recréent le

19

fameux tableau du peintre flamand Quentin Massys, *Le Prêteur et sa femme,* empilant pièces sonnantes et trébuchantes sur les plateaux d'une petite balance à fléau, pendant que Morula, Gastrula et Blastula, coiffées de visières en celluloïd, remplissent à tour de rôle les colonnes du grand livre général. Si, à la fin de la soirée, le total des crédits est supérieur à celui des débits, ils s'octroient tous une tasse d'eau chaude et un divertissement supplémentaire. Sur des formulaires de dépôt chipés à la banque, ils inscrivent leur nom, un numéro de compte inventé et, dans la case réservée à l'énumération des espèces, une liste de chiffres selon ce que leur souffle l'inspiration du moment. Ils les alignent soigneusement, s'appliquent à en accentuer les galbes, ajoutent des pattes aux extrémités. Enfin, ils signent dûment le bordereau et, pour peu que la somme des chiffres dépasse le million, ils se laissent emporter par des ricanements qui leur tirent les larmes.

Il faudrait une déflagration pour troubler la tranquillité d'un tel foyer. Or, la jeune personne qui attend sur le pas de ma porte a l'air tout au plus d'une étincelle – une étincelle néanmoins fort turbulente. Sans même se soucier qu'on puisse l'observer, elle se penche vers mon passe-lettres et, relevant l'opercule de laiton poli où se reflète un moment le bout de son nez rousselé, elle met son œil à la fente. Entre deux soyeux battements de cils, elle examine le baromètre sur la console d'entrée, le portemanteau et le bouquet d'immortelles séchées.

Nous ne recevons jamais d'autres visiteuses que les locataires de nos appartements – des vieilles filles anglaises aux cheveux grisonnants, adeptes de la jupe en flanelle et du talon plat. C'est Estelle qui les passe au crible et, en bon cerbère, veille à ce qu'elles n'aillent pas plus loin que le guichet de l'entrée, où Louis-Dollard, recroquevillé derrière les grilles dorées, leur remet un reçu en échange de la somme du loyer. Puisque les locataires ne se présentent ici que le premier du mois, les Delorme n'ouvrent à personne le reste du temps, de peur de trouver, sur le perron, des colporteurs, des quêteux dans le besoin ou des dames de charité sollicitant, la main tendue, quelques pièces de monnaie pour leurs bonnes œuvres. Je devrais observer cette consigne, mais la nouvelle venue éveille tellement ma curiosité et ma sympathie que je ne peux m'empêcher d'entrebâiller ma porte avec un grincement accueillant.

La jeune fille entre dans le vestibule et s'avance vers le bureau. Elle remarque au passage, et avec une certaine indulgence dont je lui sais gré, ma boule d'escalier en imitation marbre, mon tapis de facture industrielle, mes lambris en chêne de quatrième classe. De toute évidence, elle a l'œil exercé et n'est pas dupe de ma fausse opulence. Moi qui, jusqu'à présent, ai rarement été exposée aux regards étrangers, j'en éprouve une honte indicible. Je suis si mortifiée par la piètre qualité de mes meubles et de mes matériaux que ma chaudière se met à bouillir; l'eau brûlante jaillit dans mes veines d'acier galvanisé et afflue dans les calorifères comme un coup de sang. J'ai beau desserrer les valves, ouvrir toute grande la trappe de ma cheminée, je rougis jusqu'aux corniches. Si la terre pouvait s'ouvrir sous mes fondations, c'est volontiers que je m'écroulerais sur place. Malheureusement, le sol de glaise dans lequel j'ai été plantée a la stabilité de l'étalon-or et mon humiliation ne fait que commencer.

❧

«Pour l'appartement à louer, c'est bien ici qu'il faut s'adresser?»

La jeune visiteuse est entrée dans le bureau sans frapper et elle a surpris Louis-Dollard en manches de chemise, le nez dans le calendrier de l'hippodrome Blue Bonnets. Depuis l'ouverture de la nouvelle piste en terre battue, il y a cinq ans, mon vénéré fondateur a souvent des noms de chevaux qui lui trottent par la tête. Il s'imagine alors en haut-de-forme à la tribune d'honneur, suivant la course de plat à travers des jumelles et serrant son billet très fort dans son poing quand le gagnant lui rapporte vingt fois sa mise grâce aux avantages du pari mutuel. Si Estelle avait vent de ces velléités aléatoires, elle lui tordrait sûrement le cou. Aussi le premier réflexe de Louis-Dollard est-il de cacher le calendrier étalé devant lui. Mais l'inconnue, d'un geste preste, le lui arrache des mains.

«Vous avez encerclé le numéro du favori, remarque-t-elle en jetant un coup d'œil au programme de la prochaine réunion. Cream Soda a une inflammation de la troisième phalange. J'espère que vous n'allez pas parier sur lui!»

Courroucé par cette intrusion malapprise, Louis-Dollard se dresse sur ses ergots et récupère avec humeur le calendrier. Il s'apprête à éconduire la jeune fille, mais devant sa jeunesse, sa beauté et son élégance (cette robe en foulard imprimé! ces trois rangs de perles! ce sac en paille tressée! ces gants de chevreau blanc!), il se ravise:

«Vous semblez vous y connaître en chevaux.

— Détrompez-vous, répond-elle, je peux à peine distinguer un étalon d'une pouliche. Seulement, j'ai un ami jockey qui me refile d'excellents tuyaux et, selon lui, Royal Maple est sûr de remporter le derby de samedi prochain.

— Royal Maple? Ce n'est qu'un outsider!

— Mais il a hérité l'endurance exceptionnelle de son père, le grand champion Flying Diadem. Sur une distance d'un mille, ça compte... »

Il n'en faut pas plus pour amadouer Louis-Dollard, qui rajuste aussitôt ses lunettes et remet son veston. Avec une galanterie un peu fruste, car il n'a jamais appris les bonnes manières, il avance la moins bancale des deux chaises d'invités dépareillées et fait signe à la jeune fille de s'asseoir. Il a même la délicatesse d'éloigner d'elle le cendrier sur pied d'où émane une vieille odeur de cendres froides. Puis il retourne à son fauteuil pivotant et, dans le calendrier, encercle trois fois le nom du pur-sang. À l'idée qu'il pourrait enfin placer un pari sans risquer de perdre sa mise, sa main tremble un peu – d'autant plus qu'il se demande s'il est bien sage de faire confiance à une parfaite inconnue. Avec une saine méfiance, il se tourne vers elle et prend sa voix la plus mielleuse :

« Je n'ai pas saisi votre nom, mademoiselle...

— Pénélope Sterling. Mais tout le monde m'appelle Penny.

— Et en quoi puis-je vous être utile ?

— Je suis à la recherche d'un appartement, et celui que vous avez à louer me semble assez convenable.

— Convenable ! fait Louis-Dollard tout en haussant un sourcil offusqué jusqu'au milieu de son front. L'appartement en question est le plus spacieux et le plus ensoleillé de l'immeuble. Des fenêtres de la chambre, on peut apercevoir la tour de l'université ainsi que le dôme de l'oratoire ! Le salon est agrémenté d'un faux foyer, la salle de bains est entièrement carrelée en céramique vernissée, les murs ont récemment été repeints à neuf et, il va sans dire, le loyer est à l'avenant. »

Les Delorme n'ont pas l'habitude de louer au premier venu. Avant de signer un bail, ils exigent des références, des garanties – même si la requérante semble avoir les moyens. Aussi Louis-Dollard ne s'embarrasse-t-il pas de prévenances et demande sans ménagement :

« Où travaillez-vous, mademoiselle Sterling ? »

Nos autres locataires occupent toutes de belles positions. Les demoiselles Simon, par exemple, sont standardistes chez Bell Téléphone, Mlle MacLoon est traductrice à Air Canada, Mlle Kenny enseigne la maternelle à l'école Carlyle, et Mlle Cressey est secrétaire à la Division des finances de la compagnie d'assurances Sun Life. On les voit tous les matins sortir de l'immeuble en tailleur gris, un journal à la main, pour aller prendre le train qui les mènera au centre-ville.

« Si, par travailler, vous voulez dire recevoir un salaire, je suis désolée de vous décevoir, répond Mlle Sterling. Je n'ai jamais occupé un emploi rémunéré de ma vie.

— Vous êtes trop jeune pour être veuve, alors vous avez sûrement de l'argent de famille ?

— Seigneur ! encore moins. Je suis orpheline et je vous assure que je viens d'un milieu très modeste. Mais j'ai atteint la majorité, si c'est ce qui vous inquiète. Je suis pleinement habilitée à signer un contrat. »

Louis-Dollard, en bon homme d'affaires, a horreur qu'on lui fasse perdre son temps. Il jette à Mlle Sterling son regard le plus sévère et monte d'un cran le ton de sa voix :

« Dans notre maison, nous exigeons que les loyers soient payés rubis sur l'ongle tous les premiers du mois. Si vous n'êtes pas en mesure de remplir cette obligation, je préfère retourner à mes activités. »

Pour montrer à quel point il est occupé, il se met à enfoncer les touches de la calculatrice électromécanique Olivetti Divisumma, qui s'ébranle avec fracas chaque fois qu'elle crache un résultat. Mlle Sterling ne se laisse pas démonter, toutefois. Elle farfouille dans son sac en paille tressée et en sort un carnet, qu'elle glisse sur le bureau de sa main gantée. Dès que Louis-Dollard aperçoit le livret de banque, reconnaissable à sa couverture en cuir bleu estampée d'argent, la calculatrice s'immobilise immédiatement.

« Ouvrez-le à la dernière page, je vous prie », dit Mlle Sterling.

Sans même se demander s'il n'est pas déplacé de commettre une telle indiscrétion, Louis-Dollard ne se fait pas prier. En tournant les pages du carnet, il remarque que la colonne des retraits est quasiment vide, alors que celle des dépôts, rédigée de la plume de différents caissiers, présente une série de sommes substantielles qui ont toutes les caractéristiques de revenus réguliers. Il a peine à ne pas laisser tomber ses lunettes quand son œil s'arrête sur les chiffres formant le solde à ce jour : un trois suivi de quatre zéros !

« Comme vous voyez, dit Mlle Sterling, j'ai amplement de quoi payer douze mois de loyer. Et ce n'est là qu'une partie de mes avoirs : le reste repose dans un coffret de sûreté. »

Louis-Dollard n'est pas rassuré pour autant. Si Mlle Sterling est une femme entretenue, les autres locataires, qui fréquentent religieusement l'une ou l'autre de nos cinq églises, protesteront avec indignation. Ce sera la pagaille dans le poulailler !

« Une telle somme ne s'amasse pas en si peu de temps, à moins de s'adonner à des activités louches... »

Mlle Sterling reprend son carnet en hochant la tête.

«Je suis une personne discrète, monsieur Delorme, du moins en ce qui concerne les questions d'argent. Néanmoins, je ne veux pas vous entretenir dans l'erreur, d'autant plus que je vous juge digne de confiance. Je vous révélerai donc l'origine de ma fortune. Dites-moi, avez-vous entendu parler du jeu Coffre-fort?»

Louis-Dollard est peut-être un peu dépassé, mais pas au point d'ignorer que Coffre-fort est le nouveau jeu de société à la mode. Pas moyen d'aller au bureau de poste ou chez le barbier sans que quelqu'un vous en parle avec enthousiasme. On y joue seul ou à plusieurs, et le principe en est fort simple. À coups de dés, on fait avancer son pion sur un plateau représentant le plan d'une banque. Après avoir traversé l'atrium, les guichets, le bureau du directeur et la salle des coffrets de sûreté, on atteint la chambre forte, où se trouve un coffre miniature. Si, en chemin, on tombe sur une case rouge, cela déclenche l'alarme et on perd un tour. Si on tombe sur une case jaune, on reçoit une clef; le jeu en comporte dix en tout, mais une seule permet d'ouvrir la serrure du coffre. Le premier joueur à atteindre la chambre forte peut tenter sa chance. S'il utilise la bonne clef, il gagne la partie. S'il manque son coup, il doit retourner à la case départ. Louis-Dollard est au fait de tous ces détails. Il a aussi entendu dire que certaines personnes, pour donner du piquant au jeu, n'hésitent pas à y engager des sommes d'argent considérables; les mises sont alors déposées à l'intérieur du coffre-fort, et le gagnant rafle la tirelire. Il se demande combien de parties Mlle Sterling a dû disputer avant de récolter trente mille dollars...

«Je ne crois pas, lui dit-il, qu'il serait souhaitable de louer à une joueuse invétérée.

— Sachez que je n'ai jamais parié de ma vie. Si ce jeu m'a beaucoup rapporté, c'est parce que je l'ai inventé ! »

Sur l'insistance de Louis-Dollard, qui la presse de questions, elle raconte qu'elle en a eu l'idée deux ans plus tôt, en lisant dans les journaux qu'une bande de voleurs avaient profité de la fête du Dominion pour creuser un tunnel sous la Banque de Nouvelle-Écosse. Ils avaient pénétré dans la chambre forte sans déclencher la sonnerie d'alarme et en étaient repartis avec des millions.

« J'ai compris, ce jour-là, qu'aucun coffre-fort n'était inviolable et je me suis mise à rêver de cambriolages. »

Elle a commencé par rédiger les règles du jeu, puis elle a dessiné le tableau, les clefs et les pions. Elle a ensuite conçu elle-même les mécanismes de l'alarme et de la serrure. Elle a déposé un brevet, puis elle a présenté Coffre-fort à une grande société de jeux du Massachusetts, qui en a aussitôt publié une première version anglaise sous le nom de *Safe*.

« J'ai de la difficulté à croire qu'un objet somme toute assez futile puisse être aussi lucratif.

— Comme j'ai accordé à l'éditeur une licence sans lui céder les droits, je perçois deux pour cent des ventes, explique Mlle Sterling. À ce jour, on a écoulé plus de trois cent mille exemplaires du jeu, et les commandes continuent d'affluer... »

Avec un tressaillement d'aise, Louis-Dollard se décide enfin à ouvrir le tiroir du bureau et en sort deux formulaires de bail. Il remplit les blancs, signe au bas de chaque exemplaire et tend sa plume à la nouvelle locataire afin qu'elle fasse de même. Puis, il se dirige vers le placard, dont il ouvre toutes grandes les portes. J'espère que, pour une fois, il m'épargnera sa vieille blague de Barbe-Bleue, mais comme d'habitude, il ne peut résister :

«C'est ici, déclare-t-il, que je garde les clefs de toutes mes femmes!»

Il remet à Mlle Sterling un trousseau de cinq clefs: une pour l'entrée de l'immeuble, une pour la porte de l'appartement, une pour la boîte aux lettres, une pour la salle de lavage et une pour le cagibi. Il l'invite à emménager quand elle veut.

«Avant de vous laisser partir, dit-il, permettez-moi de vous poser une dernière question. Si vous êtes persuadée que les banques peuvent facilement être cambriolées, pourquoi donc y avez-vous déposé votre argent?

— Pour résister à la tentation de le dépenser.

— Une telle sagesse, à votre jeune âge, vous honore.

— Rassurez-vous: je n'ai aucune intention de laisser mon magot dormir là éternellement. J'ai l'espoir de me marier un jour, et ces trente mille dollars constituent en quelque sorte la dot que j'apporterai en contribution au ménage.

— Loin de moi l'idée de mettre en doute les capacités du sexe faible en matière de finances – ma propre épouse aurait des leçons à donner au ministre du Trésor –, mais une jeune femme se doit d'être prudente, à plus forte raison si elle est orpheline. Dans notre monde sans scrupules, nombreux sont les hommes qui n'hésiteraient pas un instant à abuser de votre confiance. Si jamais vous avez besoin de conseils et souhaitez profiter de ma grande expérience, soyez assurée que ma porte vous sera toujours ouverte. J'espère même que vous me considérerez comme un ami qui ne veut que votre bien. »

Le sens sous-jacent de ces dernières paroles n'a pas échappé à Mlle Sterling, car son regard se fait tout à coup fuyant. Elle tend la main à son nouveau propriétaire un peu brusquement, sans retirer son gant.

« Merci de votre gentillesse, monsieur Delorme. Je n'y manquerai pas. »

Comme il se lève pour la raccompagner, elle ajoute :

« Ne vous dérangez pas, je vous en prie. Je connais le chemin. Vous voudrez bien transmettre mes hommages à Mme Delorme. Si cette fameuse Estelle est aussi avisée que vous le dites, j'espère avoir l'occasion de la rencontrer bientôt. »

Son départ me laisse songeuse. Une question, en particulier, me chicote : comment Penny Sterling connaît-elle le prénom de notre matrone, alors que Louis-Dollard ne l'a pas mentionné une seule fois au cours de la conversation ? Elle l'a prononcé, de plus, avec une inflexion malveillante qui aurait dû mettre la puce à l'oreille de mon vénéré fondateur... Mais celui-ci a déjà le nez replongé dans le calendrier de l'hippodrome et se lance dans un tas de calculs compliqués, histoire d'évaluer les rendements qu'il pourrait tirer d'un pari gagné.

Le temps passe, ponctué par le vrombissement de la calculatrice électromécanique. Lorsque cinq heures sonnent, Louis-Dollard s'empresse de cacher le calendrier entre les pages de l'annuaire téléphonique.

« Un logement loué, un bail signé, une bonne locataire, et pas n'importe laquelle : l'amie d'un jockey, qui aura sûrement d'autres tuyaux à me refiler. Foi de Delorme, je ne suis pas mécontent de ma journée. »

En sifflant un air entraînant, il se dirige vers le salon où Estelle l'attend chaque après-midi avec une tasse d'eau chaude bien méritée.

≈

Une voiture freine au coin de la rue – une Rambler Ambassador aux parements chromés, qui s'arrête pour laisser traverser un troupeau de messieurs tout juste descendus du train et pressés de rentrer souper chez eux. Deux garçons à bicyclette arrivent dans le sens contraire, traînant un épagneul en laisse qui jappe après les écureuils. De son poste d'observation, habilement dissimulée derrière les lamelles entrouvertes du store vénitien, Estelle épie leurs mouvements tout en écoutant le compte-rendu quotidien de son mari – lequel prend soin d'omettre de son rapport toute mention de l'hippodrome. La lumière du jour n'est pas tendre envers ses cinquante-quatre ans et met en relief la flaccidité de ses chairs. Le bas de son visage, alourdi par une épaisse bourre adipeuse, lui pend du cou et tremble comme un fanon de dinde à la moindre déglutition. Ses cheveux ont la couleur de la laine d'acier. Ses yeux mornes ne sont plus qu'une fente transversale entre ses paupières boursouflées et ne s'animent que quand Louis-Dollard fait état de la situation financière de la nouvelle locataire. Alors, avec un gloussement de satisfaction, elle tire d'un coup sec sur la cordelette qui referme le store et daigne se tourner vers son mari.

« Eh bien, dit-elle, je crois que cet heureux événement mérite d'être fêté dignement. »

Elle choisit la plus petite clef du trousseau massif accroché à l'anneau de sa ceinture et se dirige vers le secrétaire en acajou plaqué qui dort dans un coin de mon salon. Tout comme les fauteuils en cuir sang de bœuf, le guéridon et les lampadaires de bronze aux abat-jour en verre cannelé, ce vilain meuble sans style a été acheté à la veuve du maire Darling lorsque celle-ci, se trouvant à court d'argent, cassa maison. Le secrétaire recèle un compartiment secret que Louis-Dollard a fait aménager par son ébéniste de confiance : la serrure est camouflée derrière une garniture, et il suffit d'un tour de clef pour actionner le mécanisme qui ouvre le panneau latéral et expose le compartiment. Tant de précautions pour garder un misérable bocal de Postum !

Qui, depuis la fin de la guerre, boit encore ce piètre substitut de café soluble, dont les ingrédients principaux sont le germe de blé grillé et la dextrine de maïs ? Plus grand monde, à part les mormons et les adventistes du septième jour, qui ont élevé sa consommation au rang de précepte moral. La recette du Postum a été élaborée en 1895 par le futur magnat des céréales Charles William Post, qui avait séjourné au fameux sanatorium du docteur Kellogg et en était revenu convaincu des effets néfastes de la caféine. Ce n'est cependant pas pour des raisons de santé que les Delorme en ont fait leur boisson des grandes occasions, mais bien d'économie : un seul bocal de huit onces contient en effet soixante-quinze bonnes cuillerées à thé de poudre, ce qui peut donner jusqu'à trois cents tasses de succédané de café – si on en use avec une extrême parcimonie. Ainsi le bocal des Delorme, acheté il y a douze ans, est encore à moitié plein. Bien sûr, le Postum qu'il contient est légèrement éventé, mais ni Louis-Dollard ni Estelle ne s'en rendent compte, car ils y ajoutent de la mélasse pour le sucrer – de la mélasse verte, jamais de la mélasse de fantaisie. D'ailleurs, ils accordent beaucoup moins d'importance au goût de la boisson qu'au cérémonial accompagnant sa préparation. En tant que chef de famille, Louis-Dollard préside à l'office, debout devant le guéridon. Il mesure les ingrédients tout en prononçant une formule rituelle de son invention, qui est devenue, au fil des ans, un dialogue liturgique presque sacré :

« Qu'est-ce qui sonne ?

— L'heure du Postum.

— *Qui le prépare ?*

— *Le père Delorme.*

— *Quel est son secret ?*

— *Six tours à droite, trois à gauche, cinq à droite, deux dans le sens inverse.*

— *Qui le connaît ?*

— *Quatre boules d'or.*

— *Qui en boira ?*

— *L'héritier du Trésor.* »

Il remue le mélange selon le sens prescrit par le rituel. Estelle tend les mains pour recevoir sa tasse et se recueille un instant. Quand elle change de position pour boire, le cuir des coussins couine sous son poids. Non seulement elle a conservé sa taille de jeune fille, mais elle l'a doublée. Son jonc de mariage lui étrangle l'annulaire, son fin bracelet de montre lui coupe les chairs du poignet. Ses épaules affaissées font ployer sa poitrine jusqu'à ses genoux, et ses chevilles sont ravalées comme des bas sur ses chaussures sévèrement lacées. Cependant, quand elle se redresse pour prendre la parole, elle a tout l'aplomb d'un général face à son état-major.

« Tu dis que cette demoiselle Sterling dispose d'une fortune d'au moins trente mille dollars, qui continue de s'accroître. Sais-tu comment elle compte en disposer ?

— Elle ne s'en est pas cachée, dit Louis-Dollard, hypnotisé par les volutes de mélasse qui se déploient au fond de sa tasse. Elle l'apportera en dot à son futur époux. »

À ces mots, Estelle devient si agitée qu'elle en avale sa gorgée de Postum de travers et manque s'étouffer.

«Voilà qui vient changer tous nos plans, dit-elle en reprenant son souffle.

— Quels plans?

— Ne fais pas comme si tu tombais des nues. Je parle du mariage de Vincent, bien entendu.»

Vincent. Leur fils unique de vingt-quatre ans. L'héritier légitime de notre patrimoine. Celui-là même qui a été promis à Géraldine Knox, fille aînée de Charles Knox, le propriétaire des quatre immeubles situés de l'autre côté du parc. *A match made in heaven,* comme on dit. Sauf que les fiançailles, dans ce cas-ci, ont été arrangées dans une cave humide, autour d'une flasque de gros gin, par deux pères qui rêvent depuis longtemps d'unir leurs fortunes et de créer une couronne domaniale au centre de l'Enclave. Louis-Dollard ne voit pas pourquoi de si beaux plans devraient être changés, mais Estelle, aveuglée par le chiffre de trente mille qui danse depuis tout à l'heure devant ses yeux, lui rappelle que rien ne vaut l'argent comptant – même pas la brique et le mortier. Car les immeubles, même les plus rentables, coûtent une fortune à entretenir. Il y a toujours des chambres à repeindre, des tuyaux à ressouder, des fusibles à changer, des toits à goudronner, de la maçonnerie à rejointoyer, des pelouses à tondre, des carreaux à remplacer, sans parler des taxes foncières et scolaires à payer...

«Voyons, Louis-Dollard, pense un peu aux dépenses que doivent entraîner les maisons de Charles Knox, qui sont plus vieilles que les nôtres. Si elles passent dans notre famille, nous n'en dormirons plus de la nuit. Tandis que si notre fils épouse Pénélope Sterling, notre plus grand souci sera d'encaisser son capital et ses revenus. Crois-moi, nous ne pourrions trouver meilleur parti pour lui.

— Mais Vincent ne peut pas simplement annoncer à Géraldine qu'il a changé d'idée. Nous risquons d'être poursuivis pour rupture injurieuse et condamnés à lui verser une indemnisation ! »

La fichue Estelle a déjà paré à cette éventualité.

« Ne te mets pas dans tous tes états. Il n'a qu'à prétendre qu'il a attrapé les oreillons et qu'il n'est plus en mesure d'assurer une descendance. Charles Knox ne voudra jamais d'un gendre stérile et sera content de s'en débarrasser à si bon compte. »

Louis-Dollard n'est pas de taille à argumenter avec sa femme, surtout quand elle use de son ton péremptoire. Il sait, de plus, ce qu'il lui en coûte personnellement quand il ne lui montre pas une entière soumission. Son grand rêve immobilier s'effrite devant ses yeux et, à défaut d'y renoncer, il essaie de gagner du temps.

« De toute façon, fait-il remarquer, il est trop tôt pour y penser, puisque Vincent est au camp scout jusqu'à la fin de l'été. »

J'imagine l'impression qu'il fera sur Penny Sterling, notre vaillant chef de la troupe des Castors nickelés, quand il rentrera du grand jamboree de Tamaracouta mal rasé, tanné par le soleil, arborant sur une chemise sale son badge de bois, ses insignes de secourisme, son épinglette de promesse ainsi que son foulard jaune et bleu, noué par une bague en tête de Turc... Louis-Dollard doit y penser aussi, car il hasarde timidement l'opinion qu'il faudrait peut-être prendre en considération les sentiments de Penny :

« Contrairement à Géraldine Knox, elle n'a pas encore atteint l'âge canonique des vieilles filles et, avec sa fortune, elle ne doit pas manquer de prétendants. Pourquoi tomberait-elle dans les bras de notre fils, qui, soit dit en passant, n'a rien d'un Prosper Yop-la-boum, le chéri de ces dames ? »

34

Un détail, dont Estelle ne s'embarrasse pas. Elle déplace les tasses sur le guéridon comme s'il s'agissait de pions sur un échiquier et expose à son mari les grandes lignes de sa stratégie :

«Pas besoin de Vincent pour la courtiser. Je peux très bien m'en charger à sa place. Je vais organiser une réception en l'honneur de Mlle Sterling et je lui parlerai de notre fils en termes si élogieux qu'elle en tombera amoureuse avant même d'avoir posé les yeux sur lui.»

Inviter Pénélope Sterling ? Ici ? Je n'en crois pas les oreilles de mes murs. D'aussi loin que je me rappelle, aucun hôte n'a jamais été convié à notre table – et j'ai la mémoire longue. Estelle n'a aucune notion de ce que le mot «recevoir» veut dire. Tout au plus a-t-elle une vague idée qu'il existe, ailleurs, chez les autres, quelque chose qu'on appelle la société. Comment peut-elle espérer impressionner une jeune personne dont la sophistication dépasse son entendement? Avec une tasse de Postum à la mélasse? Et pense-t-elle réellement la divertir en lui donnant de faux bordereaux à remplir?

Louis-Dollard, qui se permet parfois le luxe de lire les pages mondaines du journal, imagine tout de suite une grande réception avec chauffeurs en livrée et bouquets d'hydrangées, mousse de foie gras et œufs en gelée, champagne frappé et petits fours glacés, corbeilles de dragées et pièces montées en sucre filé, orchestre de bal et lots de tombola. Le cœur oppressé, il se met à marcher de long en large en faisant des moulinets des deux bras :

«Par Élisabeth II, tout ça va nous coûter les yeux de la tête!

— Calme-toi, lui intime sa femme. Tu ne vois pas que tu es en train d'user le tapis? Et cesse d'invoquer le nom de Sa Majesté en vain. Avant de nous lancer dans de folles dépenses, nous t'enverrons en éclaireur chez elle, puis tes trois sœurs auront la mission de sonder les goûts de Mlle Sterling. Ainsi, on n'achètera pas inutilement des roses si elle préfère les fleurs des champs...»

Louis-Dollard va se placer devant la cheminée, résigné mais aucunement rassuré.

«Soit, dit-il. J'espère que nous ne le regretterons pas. À combien évalues-tu les dégâts de cette grande entreprise de séduction?

— À cent dollars, plus ou moins. Je sais, c'est une somme indécente, mais nous l'aurons récupérée d'ici un an. Et puis, pense au rendement que nous obtiendrons par rapport à notre investissement initial!

— La petite caisse ne suffira pas, dit Louis-Dollard d'une voix qui se perd dans un murmure chuintant. Il faudra aller piger dans le Trésor...»

Sous mon toit, personne ne prononce le mot «Trésor» sans avoir l'impression de violer un tabou. Ce secret est si bien gardé que j'oublie moi-même parfois que j'en suis la dépositaire attitrée. Le Trésor est tapi depuis toujours au plus profond de moi, dans un trou où jamais ne l'atteint la lumière qui révélerait sa véritable nature, et j'en suis venue à penser, au fil des ans, que quand il émet dans le noir ses sourds reflets, c'est mon propre cœur qui palpite. Un cœur d'or, il va sans dire, comme l'est le silence. Un cœur fermé, engourdi dans l'oubli, usé par des années de négligence, qui doit sans cesse contenir ses débordements. Car je suis riche des désillusions et des désappointements que j'ai encaissés, j'ai de la rancune à revendre contre ces Delorme qui me laissent vêtue de haillons alors qu'une infime parcelle de ce Trésor suffirait à me renipper...

Estelle doit surmonter sa réticence avant de hocher la tête en signe d'approbation. Mon vénéré fondateur se lève alors et avance d'un pas lourd vers le manteau de la cheminée, où trône, solitaire, une pendule – seul souvenir que nous ayons gardé d'Oscar Delorme, le frère de Louis-Dollard, qui était horloger. Il s'agit d'une de ces merveilles allemandes sous globe de verre appelées pendules anniversaires, parce qu'on ne les remonte qu'une fois l'an; au lieu d'osciller, leur mécanisme est actionné par un ressort de torsion qui fait tourner lentement, et avec une perte d'énergie minime, un balancier lesté de quatre boules dorées. Pas tout à fait le mouvement perpétuel, mais presque. On en doit l'invention à un certain Anton Harder, qui fut inspiré par la rotation d'un lustre sous l'impulsion d'un courant d'air. Compliquée à remonter, sujette aux dérèglements si elle ne repose pas sur une base parfaitement immobile, la pendule anniversaire n'est pas non plus d'une grande précision : le moindre changement de température modifie l'élasticité du ressort et lui fait prendre de l'avance ou du retard.

Notre propre pendule anniversaire, qui a la particularité d'arborer la devise *Time is money* sur son cadran, est depuis longtemps arrêtée. Cela n'empêche pas Louis-Dollard de soulever le globe de verre et de faire tourner les boules dorées du balancier – six tours à droite, trois tours à gauche, cinq tours à droite, deux dans le sens inverse. Lorsqu'il a terminé, Estelle le rejoint près de la cheminée.

« C'est un grand péché que nous allons commettre, dit-elle avec componction. Il faut s'en confesser sans tarder. Va chercher tes sœurs. Nous allons tous descendre à la chambre verte et demander l'absolution à Sa Majesté. »

Ils étaient arrivés comme des voleurs dans la nuit. Quarante hommes de la Canadian Northern Railway Company, vêtus de noir, du feutre aux bottes vernies, tenant tous sous le bras d'identiques porte-documents de carton gris. Leurs montres étaient synchronisées à la seconde près et, sur le coup de huit heures, ils ont frappé simultanément à la porte des quarante fermes maraîchères disséminées sur la côte Saint-Laurent, au nord du mont Royal. Les fermiers étaient sur le point de se mettre au lit, mais leur méfiance, elle, était déjà endormie. Abusés par la mise soignée et l'air respectable des étrangers, ils les ont invités à entrer et ont mis l'eau à bouillir pour le thé.

Ils n'avaient pas encore bourré leur pipe que les agents se lançaient dans l'exposé du motif de leur visite. Parlant à la vitesse d'une locomotive et dans les termes les plus sombres, ils étaient venus annoncer la fin du monde rural tel qu'on le connaissait. Grâce aux nouveaux engrais chimiques qui décuplaient la fertilité des champs et aux puissantes machines qui en récoltaient les fruits sans effort, les grandes exploitations agricoles pouvaient désormais nourrir toute une ville avec le rendement d'une seule ferme. Munies de camions

39

géants pour transporter cette manne alimentaire, elles allaient bientôt commencer à inonder les marchés de Montréal, offrant leurs denrées à des prix dérisoires, que les petits maraîchers ne pourraient jamais concurrencer. D'ici un an, la valeur des terres autour de la métropole serait réduite à néant. Il fallait les vendre pendant qu'il était encore temps.

Les fermiers étaient anéantis; leurs femmes se sont mises à pleurer, leurs enfants aussi. Les agents ont choisi ce moment pour sortir de leurs porte-documents de grandes feuilles couvertes de petits caractères. Par une coïncidence providentielle, ont-ils expliqué, la Canadian Northern projetait justement de faire passer une ligne de chemin de fer dans les environs. Si les familles s'engageaient à abandonner leur ferme avant l'arrivée du printemps, la compagnie était prête à leur en donner dix dollars l'acre – un prix plus qu'équitable, étant donné les circonstances. Elles devaient cependant se décider sans tarder : afin d'empêcher la montée d'une spéculation effrénée, cette offre exceptionnelle expirait à minuit et ne serait plus jamais répétée par la suite. Affolés à l'idée d'être les seuls laissés-pour-compte du voisinage, trente-neuf fermiers signèrent le contrat de vente sur-le-champ. Le quarantième, fin renard, garda les bras croisés.

❧

Avec ses quatre cents acres de terres cultivables, Prosper Delorme était le plus gros propriétaire des environs, bien qu'il ne le laissât pas paraître. Il portait la même vieille chemise rapiécée depuis que son épouse était morte en couches trois ans auparavant, lui laissant sur les bras deux fils et trois filles en bas âge. Les semelles de ses bottines étaient percées. Sa maison n'avait jamais été repeinte, et les fenêtres étaient calfeutrées avec des guenilles et du journal. Le vieux malcommode n'était pas non plus reconnu pour son hospitalité. Il laissa l'agent de la Canadian Northern geler sur le pas de sa porte avant de se décider à lui ouvrir et, s'il lui permit d'entrer, il ne l'invita pas à s'asseoir et ne lui offrit certainement pas de tasse de thé.

À l'exception d'un faible halo de lumière diffusé par la flamme vacillante d'une lampe à pétrole, la maison était plongée dans le noir, et l'agent put à peine distinguer les visages des enfants qui l'observaient de leurs yeux méfiants, la tête coincée entre les balustres de l'escalier comme cinq oiseaux en cage. Prosper le laissa dévider son baratin jusqu'à la fin, puis lui répondit d'un retentissant :

« J'entends rien ! »

Il est vrai qu'il était un peu dur d'oreille; il prenait cependant un malin plaisir à exagérer sa surdité pour confondre ses adversaires ou se débarrasser des importuns. L'agent finit par comprendre qu'il était inutile de s'époumoner et dut trouver un autre moyen de se faire comprendre. En désespoir de cause, il étala sur la table un document que ses supérieurs lui avaient pourtant enjoint de ne dévoiler aux vendeurs sous aucun prétexte. Le veuf était matois : au premier regard, il comprit exactement l'étendue du projet qui se déployait devant lui.

Ce n'était pas une simple ligne de chemin de fer qui allait bientôt être aménagée ici, mais une ville tout entière, baptisée du nom de Model City, conçue et dessinée par Frederick Gage Todd, architecte paysagiste de renom, sur le modèle des cités-jardins que l'on trouvait en banlieue de New York, de Pittsburgh et de

Boston. Les fondateurs de la Canadian Northern avaient voulu que le plan, dominé par deux diagonales, évoque l'Union Jack britannique. Cependant, ses rayons reliés par des anneaux concentriques aux lignes brisées faisaient plutôt penser à une toile d'araignée avec, en guise de gouttes de rosée, trente-six parcs de forme ovoïde ou circulaire. Tous les éléments essentiels de cette ville avaient aussi été prévus : une mairie, un poste de police, une caserne de pompiers, un bureau de poste, une bibliothèque pour les adultes et une autre pour les enfants, un centre de loisirs, une piscine extérieure, deux patinoires intérieures pour le hockey et le curling, des clubs de golf, de tennis et de boulingrin, des terrains de baseball, des églises de diverses confessions, des écoles, des banques, une place commerçante, un poste de transformation électrique, sans oublier, bien sûr, une gare, qui serait le point focal de l'ensemble.

Prosper Delorme pouvait bien se frotter les mains à la vue du plan : l'emplacement de la future gare coïncidait précisément avec celui de son champ de melons ! Sans sa signature sur le contrat, tout le projet tombait à l'eau. Or, de ce projet immobilier dépendait l'avenir même de la compagnie de chemin de fer. À cette époque, en effet, la Canadian Northern n'était qu'un timide aspirant dans la lutte pour le contrôle du transport ferroviaire transcontinental. Son réseau avait beau s'étendre de Regina à Québec, elle ne disposait d'aucun moyen de le relier au centre de Montréal, car tous les chemins d'accès étaient déjà occupés par les voies de ses puissants rivaux, le Canadien Pacifique et le Grand Tronc. Il y avait bien une échappée par le nord, mais celle-ci était bloquée par le mont Royal – un obstacle de taille, dont les pentes étaient beaucoup trop abruptes pour l'installation de rails.

Pressé d'assurer l'expansion de la compagnie, son

fondateur, sir Donald Mann, avait remis le problème entre les mains de son homme de confiance, l'ingénieur en chef Henry Wicksteed. Celui-ci lui proposa une solution qu'il jugea d'abord insensée : le percement d'un tunnel de trois milles sous le mont Royal. Ce n'était pas tant l'ampleur des travaux qui l'inquiétait (dans les Alpes, on construisait bien des tunnels quatre fois plus longs), mais leur coût, qu'il évaluait au bas mot à trois millions de dollars.

L'ingénieur Wicksteed avait alors sorti la carte maîtresse de son grand projet, la combinaison financière qui permettrait de recouvrer l'investissement initial en moins de trois ans. Il suffisait d'acquérir au rabais les terres agricoles situées sur le versant nord du mont Royal, d'en faire un grand lotissement résidentiel et de vendre les terrains à profit quand la proximité du chemin de fer aurait augmenté leur valeur foncière; les coûts d'exploitation de la ligne, eux, seraient entièrement financés par les nouveaux banlieusards, qui chaque jour achèteraient des billets pour se rendre au centre-ville. La transaction, qui englobrait quatre mille huit cents acres de terres, serait assurément la plus spectaculaire de toute l'histoire immobilière de Montréal – et elle ne coûterait à la Canadian Northern que la modique somme de quarante-huit mille dollars.

C'était compter sans la rouerie de Prosper Delorme. Celui-ci avait prévenu l'agent de la compagnie qu'il n'accepterait rien au-dessous de deux cents dollars l'acre. Comme il menaçait en plus d'aller offrir son domaine au Canadien Pacifique, sir Donald Mann dut s'en mêler personnellement. Ayant déjà construit des chemins de fer jusqu'au Brésil et en Chine, le magnat était sûr de sa force de persuasion quand il se présenta de bon matin chez le veuf. Mais ce dernier l'attendait de pied ferme. Il continuait de faire la sourde oreille et refusait d'entendre raison. Au terme de longues heures de négociations, il n'avait reculé que de cinq pour cent et avait en plus obtenu une importante concession : il resterait propriétaire de sa maison et du terrain sur lequel elle était bâtie.

Avant de perdre le peu de face qu'il lui restait, sir Donald Mann signa la promesse de vente. La transaction, qui aurait dû représenter quatre mille dollars, venait de lui en coûter soixante-douze mille de plus. Au moment de partir, il se tourna vers les enfants – Louis-Dollard, Oscar, Morula, Gastrula et Blastula –, qui s'étaient alignés sur la galerie en rang d'oignons.

« Votre père est dur en affaires, dit-il. Prenez-en de la graine. Et n'oubliez jamais dans vos prières ce jour béni où votre famille a fait fortune. »

∾

Bien entendu, il n'était pas question que Prosper garde un magot aussi important dans le caveau à légumes, où il avait jusqu'alors caché ses économies. Dès qu'il eut son chèque entre les mains, il s'empressa d'aller ouvrir un compte au siège social de la plus grande banque du pays. Par mesure éducative, il fit revêtir à Louis-Dollard ses habits du dimanche et l'emmena avec lui.

La banque était logée dans un édifice monumental dominant la place d'Armes, surmonté d'un dôme évoquant le Panthéon romain. Impressionné par les six colonnes corinthiennes du portique, Louis-Dollard recula d'un pas pour admirer le fronton orné d'un tympan historié dont les armoiries, supportées par une corne d'abondance, étaient flanquées de deux Indiens ainsi que de divers symboles du commerce et de l'industrie.

« On entre dans une banque comme on entre dans une église, chuchota son père pendant qu'un gardien en haut-de-forme et manteau galonné leur ouvrait les portes de bronze. Ne dis pas un mot et suis-moi. »

Prosper n'avait pas sitôt franchi le seuil qu'il fut poussé à l'intérieur du hall par une bourrasque d'une violence à faire perdre l'équilibre. Il traversa l'atrium et, comme il approchait de la grande salle des guichets, il perçut un changement dans le bruit de ses pas sur les dalles de marbre, qu'il attribua d'abord à la hauteur vertigineuse des plafonds à caissons, puis au silence révérencieux qui régnait en ce lieu, rompu de temps à autre par le froissement des billets sous les doigts rapides qui les comptaient. Assurément, il se trouvait dans une cathédrale – une cathédrale où l'odeur de l'argent avait remplacé celle de l'encens et où les guichets servaient de confessionnaux. Ici, pas de statue de la Vierge, mais celle d'une Mère patrie au regard placide. Pas d'autel, mais un comptoir à bordereaux. Et pas de crucifix non plus, mais un portrait grandeur nature du bon roi George V. Prosper s'avança avec respect et, au moment où il s'arrêtait devant le portrait, il se sentit parcouru d'une sorte de courant magnétique. Irrépressible, l'onde fit vibrer, au fond de sa poche, une très ancienne pièce de monnaie dont il ne se séparait jamais et dont le tintement fut répercuté d'écho en écho sous la coupole.

Prosper retint son souffle. À n'en pas douter, il était en présence d'une force inconnue, capable d'attirer l'argent à elle et de commander aux fortunes des hommes. Il commençait même à soupçonner que Sa Majesté était l'objet d'un culte secret, dont les adeptes les plus dévots – banquiers, financiers, magnats de l'industrie – bénéficiaient de la protection et des largesses. Il lui semblait inconcevable qu'il ait, jusqu'à ce jour, ignoré l'existence de cet Être suprême, et il aurait voulu se déchausser pour lui témoigner son respect, comme Moïse devant le buisson ardent. Il se recueillit un moment, puis fit le serment de lui élever un sanctuaire, afin qu'Il habite au milieu des siens. Et si, comme disait l'Évangile, on ne pouvait servir à la fois Dieu et Mammon, eh bien, il vendrait son âme à Sa Majesté et ne remettrait jamais plus les pieds dans une église. L'époque où il payait la dîme et versait à la quête était désormais révolue.

Un commis debout derrière son grillage doré leur fit signe d'avancer et toisa Louis-Dollard.

«Il n'est jamais trop tôt pour inculquer aux enfants le sens de l'épargne, dit-il en ajustant son lorgnon. Doit-on ouvrir un compte aussi au garçon?»

Encouragé par son père, Louis-Dollard déclina son nom et son adresse. En échange, il reçut un livret à couverture bleue où étaient inscrits un numéro de compte et le montant de sa fortune. Celle-ci s'élevait pour le moment à un sou, mais ce sou lui serait rendu au centuple, comme tout ce qu'il déposerait ici, lui avait assuré le commis. Louis-Dollard n'en croyait pas ses oreilles. Il fut si ravi de sa visite qu'il déclara à son père en sortant:

«Moi aussi, j'aurai une banque quand je serai grand!»

❧

De retour à la maison, Prosper alla lever ses collets. Il avait attrapé cinq lapins, qu'il écorcha. Il laissa macérer leurs peaux toute la nuit dans une solution de chaux, puis les fit cuire à petit bouillon jusqu'à ce qu'elles tombent en lambeaux. De la marmite, il put extraire une colle épaisse dont il badigeonna tout le plafond du caveau. Puis, il alla chercher sur l'étagère les bocaux remplis de sous qu'il avait dissimulés parmi les pots de confiture. Il sélectionna soigneusement les pièces de cuivre les plus brillantes et se mit à l'ouvrage. Il n'avait peut-être pas le talent des maîtres de la mosaïque byzantine, qui ont couvert d'or les coupoles de Constantinople, de Venise et de Ravenne, mais son travail était minutieux et constant, si bien qu'au bout de quelques semaines le plafond du caveau était tapissé de tesselles rutilantes où la lumière de la lampe allait s'atomiser, comme sur l'œil composé d'une mouche. Les pièces de monnaie avaient toutes été collées côté face, à la gloire de Sa Majesté.

Dès que Prosper eut terminé son ouvrage, il alla tirer du lit ses fils, Louis-Dollard et Oscar, ainsi que ses filles, Morula, Gastrula et Blastula, et les fit descendre à la cave afin qu'ils puissent admirer son œuvre. Les enfants, qui étaient encore en chemise de nuit, furent si émerveillés par une telle constellation de pièces cuivrées qu'ils tombèrent à genoux sur le sol humide et entrecroisèrent leurs doigts potelés.

« C'est ici désormais que nous viendrons prier, communier, confesser nos péchés, faire nos dévotions, dit Prosper. Ce sera le lieu saint de notre nouvelle religion. »

Il sortit alors de son gousset cinq pièces qu'il bénit « au nom du Capital, des Intérêts et de la Sainte-Économie », en traçant dans les airs, au lieu d'un signe de croix, le symbole monétaire du dollar canadien : un grand S traversé de deux verticales parallèles. Il les plaça ensuite sur les langues offertes des enfants en guise d'hosties, les mettant en garde de ne surtout pas les avaler. Pour Louis-Dollard, il était trop tard : la pièce était déjà dans son gosier.

« Remerciez bien Sa Majesté, dit le père à ses fils. Grâce à elle, vous n'aurez jamais à travailler la terre et vous deviendrez de riches commerçants.

— Et nous ? Et nous ? demandèrent ses filles. Serons-nous riches un jour ? »

Prosper les regarda, plein de pitié.

« Vous ? Vous serez les brebis sacrifiées. »

೫

Dans la nouvelle Ville Modèle, les travaux ne tardèrent pas à débuter – et Prosper Delorme se trouvait aux premières loges pour suivre leur évolution. Tous les matins, il commençait sa tournée au pied du mont Royal, où une légion d'ouvriers italiens s'affairaient à forer le tunnel, armés seulement de pics et de pelles. Ces immigrants récemment arrivés avaient longtemps excavé le marbre dans les carrières de Toscane et de Ligurie, et ce n'était pas un peu de roche sédimentaire qui allait les arrêter. Ils étaient divisés en deux équipes postées à chacune des extrémités du tunnel, qui progressaient l'une vers l'autre à raison de quatre cent vingt pieds par mois. Au début, ils avaient utilisé des chevaux pour évacuer les bennes remplies d'éclats de gabbro et de diorite, mais dès que les premiers rails avaient été posés, les locomotives à essence avaient été recrutées, en dépit de leurs émanations asphyxiantes. Les équipes s'étaient finalement rencontrées en décembre 1913 (soit dix-huit mois après la mise en chantier), à six cent vingt pieds sous terre. Les calculs de l'ingénieur Wicksteed avaient été si précis que l'écart à la jonction ne fut que d'un pouce dans l'alignement et d'un quart de pouce dans la hauteur.

Malheureusement, cette belle lancée fut abruptement interrompue par l'entrée du pays en guerre, et durant les quatre années suivantes, Prosper Delorme n'eut pas grand spectacle à se mettre sous la dent. L'armée ayant réquisitionné toutes les matières premières, le bétonnage du tunnel, qui porta le coût des travaux à cinq millions de dollars, ne fut achevé qu'en décembre 1916. Sur les quelque sept mille lots résidentiels qui avaient été mis en vente pour financer le chemin de fer, seulement une vingtaine avaient trouvé preneurs. Croulant sous les dettes, la Canadian Northern dut suspendre l'installation des voies et de la caténaire jusqu'à nouvel ordre. Une commission royale d'enquête fut formée, qui recommanda au gouvernement de racheter le capital-actions de la Canadian Northern et d'en combiner les activités avec celles de sa propre société ferroviaire pour créer un système de transport desservant les ports du pays d'un océan à l'autre. C'est ainsi que le fiasco de notre ville fut à l'origine de la nationalisation du chemin de fer transcontinental.

Le matin du 21 octobre 1918, le premier train de six voitures quitta la gare Centrale et traversa le tunnel en direction de Model City. Si nulle vapeur ne sortait de la locomotive portant le numéro 6711, c'est qu'il s'agissait d'une motrice Z-1-a de la General Electric – du même type que celles en usage dans les mines de diamant d'Afrique du Sud. L'inauguration d'un tel joyau ferroviaire aurait mérité un discours, une fanfare ou, à tout le moins, une cérémonie de coupure de ruban, mais à cause de l'épidémie de grippe espagnole, on avait interdit cette année-là tout rassemblement. Ce qui n'empêcha pas Prosper d'emmener ses cinq enfants sur le quai de l'Enclave pour assister à l'arrivée du train. Ses fils auraient bien aimé y monter, mais il n'en était bien sûr pas question.

«Pourquoi voulez-vous vous déplacer? leur dit-il en les prenant par la main. Désormais, c'est l'argent qui viendra à nous.»

Il a ainsi découvert chez elles certaines manies assez ridicules, certaines idiosyncrasies parfois scabreuses, dont le compte-rendu qu'il fait durant le repas procure à sa famille des heures de franc divertissement. Béatrice Cressey, par exemple, ne porte jamais les mêmes gants deux jours de suite; elle en possède au moins cent paires, de toutes les couleurs, qui occupent une pleine commode et sont prestement remplacées au moindre signe d'usure. Les sœurs Harris fument comme des cheminées, et leurs murs sont couverts d'un enduit de nicotine qui coule par endroits en longues traînées jaunâtres. Jeanne MacLoon tricote la même écharpe depuis maintenant quatre-vingt-trois mois et ne semble toujours pas près de la terminer, car elle n'avance que d'un rang par semaine. Florence Hill a rapporté de Séville un peigne en écaille et une mantille, dont elle se coiffe quand elle prépare le riz à l'espagnole. La vieille Mme Sainte-Marie a si peur que son transistor prenne feu qu'elle le range au congélateur dès qu'elle a fini d'écouter l'opéra diffusé en direct du Metropolitan le samedi après-midi. Liliane Hannah, qui est d'origine libanaise, a couvert ses murs de miroirs aux cadres dorés sur lesquels elle a tracé au vernis à ongles : *Avec mon reflet, je ne suis jamais seule.* Mona Partridge parle des heures au téléphone et, tout en conversant, elle dessine des phallus dans un petit carnet broché; ceux-ci sont de formes fantaisistes et fort peu conformes à la nature, ce qui s'explique peut-être par le fait que l'artiste est une vierge endurcie. Mervine Lennard, qui refuse de divulguer ses origines, est abonnée à un journal allemand imprimé en caractères gothiques; elle prétend avoir tué elle-même le zèbre dont la peau orne le plancher de son salon. Mme Agababa importe de Turquie des caisses de loukoums à la rose et aux pistaches, qu'elle sert à ses invités en prétendant qu'ils sont faits de sa main. Sheila Kenny a une collection de poupées pour lesquelles elle dépense une fortune en robes et en chapeaux, et si l'une d'elles se salit, elle lui tond la tête pour la punir. Au fil des années, Louis-Dollard a su tirer certaines conclusions de ses observations. Selon lui, les femmes aux yeux bleus n'ont rien dans leur garde-manger; les brunes font leur lit tous les matins, mais négligent de laver les planchers; les veuves ne peuvent vivre sans quelque bouquet de fleurs artificielles, qu'il leur arrive, par étourderie, d'arroser; celles qui portent des lunettes perdent fréquemment leurs clefs...

Aujourd'hui, une nouvelle locataire vient de s'ajouter au tableau de chasse de Louis-Dollard : Penny Sterling, et Estelle éprouve à son égard une curiosité si avide qu'elle en a la voix creuse et le regard caverneux. Son mari, toutefois, prend le temps de s'asseoir confortablement au bout de la table et de repousser de la paume les quelques cheveux qui lui tiennent lieu de toupet. Il déplie sa serviette et la noue autour de son cou. Ses mouvements sont plus lents que nécessaire : il n'a pas encore digéré d'avoir vu son alliance avec M. Knox contrecarrée et il prend un plaisir évident à laisser sa femme languir sur des charbons ardents. Ils sont mariés depuis maintenant vingt-six ans et, bien que les bases de leur partenariat soient toujours aussi solides, ils ont accumulé chacun de leur côté de légers ressentiments, de minimes rancœurs, qui refont surface dans des moments comme celui-ci, exigeant une prompte rétribution.

Estelle voit bien que Louis-Dollard ne parlera pas tant qu'on ne lui aura pas servi son repas. Résignée, elle sonne la cloche du dîner avec d'autant plus d'humeur que ses belles-sœurs ne sont jamais pressées de venir manger. Morula est la première à se présenter. Elle remonte de la buanderie où, entre le lavage, le repassage et la couture, les bas à repriser, les linges à vaisselle à rapiécer et les fils tirés des serviettes éponges à reboucler, elle trouve le temps de lire en cachette des romans à l'eau de rose;

derrière les loupes embuées de ses lunettes, ses yeux sont encore rouges d'avoir pleuré. Puis arrive Blastula, vêtue de son habituel pantalon fuseau noir et de son col roulé en jersey de coton blanc. Avec ses chaussures à semelles de crêpe, elle marche sans aucun bruit; si les lattes de mes parquets ne craquaient pas délibérément sous ses pieds, on ne l'entendrait jamais approcher. Elle a passé la matinée à désinfecter les robinets de la salle de bains, et l'eau de Javel a presque corrodé ses doigts. Gastrula, enfin, apporte la soupe. Elle a encore maigri, et ses cheveux coupés à la garçonne, aux ciseaux à ongles, n'aident pas à remplumer son visage décharné. Bien qu'elle soit chargée de la cuisine, la nourriture ne fait pas partie de ses priorités. Si elle pouvait, elle s'en passerait volontiers et subsisterait d'aliments en tube, comme le cosmonaute Youri Gagarine dans son vaisseau *Vostok*.

Elles ont toutes trois la quarantaine avancée, et le temps a agi sur elles comme sur les feuilles mortes, desséchant le peu de fraîcheur qui restait de leurs vertes années. Leurs lèvres sont si gercées qu'elles se crevasseraient à la seule esquisse d'un sourire – ce qui ne risque pas de se produire. Voilà plus de vingt-cinq ans qu'elles sont traitées ici comme des parentes pauvres, travaillant sous la férule de leur belle-sœur, respectant à la lettre ses innombrables règlements. Pourquoi se réjouiraient-elles d'avoir été enrôlées de force dans son plus récent projet? Elles n'ont que faire des perspectives de mariage de leur neveu Vincent avec une rapportée, celle-ci fût-elle riche à craquer, et encore moins de l'arrivée éventuelle d'un héritier, qui ne représenterait pour elles qu'un recul dans l'ordre de succession, déterminé chez les Delorme par la primogéniture masculine. Aussi se croisent-elles les bras de leur air le plus maussade quand Estelle relance leur frère au sujet de la nouvelle locataire.

«Dis-moi au moins si son intérieur est aussi élégant que ses tenues le laissent supposer.»

Louis-Dollard n'a pas envie de se presser. Il ajuste sa serviette et attend que Gastrula ait fini de servir la soupe aux vermicelles avant de répondre.

«Il faut croire que l'habit ne fait pas le moine, ma chère, car Pénélope Sterling vit dans le dénuement le plus complet. Chez elle, l'ameublement se limite au strict essentiel : rien de plus qu'un lit, une commode, une table, une chaise et un fauteuil.

— Comment l'appartement est-il décoré?

— Pas de toiles aux murs, pas de tapis au sol, pas de rideaux aux fenêtres. Et aucun de ces bibelots féminins qui accumulent la poussière.»

Il émiette trois craquelins salés dans sa soupe et se dépêche de tout avaler avant que sa concoction ne refroidisse.

«Qu'as-tu trouvé dans le garde-manger?

— Les aliments de base. De la marmelade. De la muscade. Du tapioca. De l'essence de vanille. Plusieurs pains de sucre d'érable.

— Et dans l'armoire de la salle de bains?

— Rien d'autre à signaler qu'un flacon d'aspirine.»

Estelle dodeline de la tête en signe d'approbation. Il y a trois pharmacies au centre de l'Enclave, et elle ne comprend pas pourquoi les gens d'ici se ruinent en médicaments alors que, chez les Delorme, on s'en passe aisément. Que l'on ait un mal de gorge, une plaie infectée, une rage de dents ou une brûlure, on se soigne avec le même remède souverain : une cuillerée de gros sel dissoute dans une tasse d'eau chaude. Et l'on ne s'en porte que mieux.

«As-tu fouillé dans ses tiroirs?

— Évidemment. J'ai vu peu de vêtements, mais tous d'une qualité irréprochable. Des sachets parfumés parmi les bas de soie. Et des robes de nuit d'une grande modestie, ajoute-t-il en toussotant pour camoufler son embarras. Hum! Hum! As-tu dit que tu avais du thé?

— C'est tout? s'écrie Estelle, interloquée.

— Je prendrais aussi une demi-banane arrosée de sirop de maïs, répond Louis-Dollard.

— Cesse de faire l'innocent, veux-tu? Ne me dis pas que tu as passé deux heures dans l'appartement de Mlle Sterling sans trouver l'appât qui l'attirera dans nos filets!»

Elle voit bien qu'il garde encore un tour dans son sac à malices et, puisqu'il entend en tirer le maximum de profit, elle ne peut que capituler. À contrecœur, elle ordonne à Gastrula de servir le dessert. Louis-Dollard fait alors mine de réfléchir, calcule son effet et déclare d'un ton accusateur, comme s'il parlait d'une pièce à conviction:

«Il y avait une raquette de tennis dans le placard d'entrée!»

Les vieilles filles en ont entendu assez. Avec une moue de dédain, elles se lèvent de table, mais Estelle leur fait signe de se rasseoir. Elle a son air des grandes manœuvres, celui qu'elle prend quand elle assigne à chacune ses tâches hebdomadaires. Qu'est-elle en train de mijoter?

«J'ai un plan! annonce-t-elle en s'adressant à Morula. Toi qui rêves de jouer au tennis depuis longtemps, voilà ta chance. Tu iras t'inscrire dès demain au club privé de l'Enclave. Tu inviteras Pénélope Sterling et, entre deux manches, tu lui tireras les vers du nez.»

Il est juste de dire que l'aînée des trois sœurs a développé un intérêt marqué pour le tennis : elle s'est même taillé, dans d'anciennes poches de sucre, une jupe plissée sur le modèle que portait la jeune championne Margaret Smith quand elle remporta l'an dernier les Internationaux de France, d'Australie et des États-Unis. Tout de blanc vêtue, selon le code vestimentaire en vigueur, elle se fraie un chemin à travers le parc Connaught jusqu'aux courts. Mais, contrairement à ce que croit Estelle, elle n'a aucune envie de pratiquer ce sport ni même d'apprécier, en tant que spectatrice, les coups qui s'échangent de part et d'autre du filet.

Je sais très bien, moi, pourquoi elle va rôder près du club de tennis. Notre Morula, malgré son âge certain, n'a rien perdu de sa nature romantique et impressionnable : elle espère rencontrer un homme. Mais pas n'importe lequel. Les entraîneurs bronzés et les joueurs en short qui boivent du thé glacé sur la terrasse la laissent froide. Derrière ses lunettes de hibou en plastique noir, elle n'a d'yeux que pour l'escadron de jardiniers italiens qui s'affairent à tailler les haies de cèdres, arroser les buissons de roses et tondre les pelouses. Elle est fascinée par la sueur qui ruisselle sur leur peau foncée, par les muscles qui gonflent les manches de leurs maillots trempés et, surtout, par leurs ongles noirs de terreau. Elle imagine ces ongles s'enfonçant dans la chair de sa cuisse; il n'en faut pas plus pour la faire chanceler.

Des bosquets de la roseraie, Morula peut observer les ouvriers tout à sa guise. Parfois, elle arrache au passage quelques pétales, les mord juste assez pour y laisser l'empreinte de ses incisives désalignées, puis va les semer sur les sentiers où les hommes risquent de les fouler de leurs bottes boueuses. À la fin de la journée, elle se poste devant les grilles du terrain de boulingrin dans l'espoir d'être remarquée. Mais les jardiniers sont trop pressés d'attraper le tramway qui les ramènera à leurs femmes et leurs enfants, dans les quartiers populaires où sont installés les immigrants. Alors Morula rentre au bercail en traînant ses espadrilles, non sans avoir d'abord étêté, du tranchant de la main, quelques roses qui ont le malheur d'être sur son chemin.

Devenir membre d'un club est une chose. Pratiquer un sport dont on ne connaît ni les règles ni les rudiments en est une autre. Manquant à la fois de souplesse, de force et d'équilibre, Morula n'a jamais montré aucune aptitude pour quelque activité physique que ce soit. Déjà, petite, elle ratait ses roulades arrière et s'emmêlait les pieds dans les cordes à danser. Quand on lui lançait le ballon, elle avait si peur d'être frappée qu'elle fermait les yeux et restait plantée là au lieu de l'attraper. Elle est montée à bicyclette bien après ses sœurs cadettes et n'a pas voulu apprendre à nager. Comme elle n'a jamais mis les pieds sur un court de tennis, je serais fort étonnée que, du jour au lendemain, elle maîtrise le revers ou le coup droit.

Alors que Morula s'inquiète de sa performance, Estelle tente de la rassurer :

«Tu sauras bien te débrouiller. Frapper une balle ne doit pas être plus difficile que battre un tapis.

— Mais je n'ai même pas de raquette !

— Louis-Dollard te donnera l'argent nécessaire et tu iras en acheter une chez Modelectric. Ça tombe bien : cette semaine, toute la marchandise est réduite de trente pour cent.»

Modelectric est le nom de la quincaillerie du quartier. Outre de la peinture, des outils et des articles de taillanderie, on y vend de l'équipement de sport, des téléviseurs, des ornements de Noël et des appareils ménagers. Les Delorme en sont de fidèles clients depuis son ouverture, en 1953 – année où fut exposé dans la vitrine un portrait de Sa Majesté Élisabeth II entouré d'une guirlande de roses, pour célébrer le couronnement de la nouvelle reine. Cette semaine, la quincaillerie procède à une grande liquidation, parce qu'elle se prépare à déménager dans le centre commercial qui ouvrira bientôt ses portes de l'autre côté des voies ferrées.

Si Morula marchande encore le prix de la raquette, il lui restera peut-être assez de monnaie pour s'adonner à son vice secret. Ce ne serait pas la première fois qu'elle se rendrait coupable de détournement de fonds. Ce ne sera sûrement pas la dernière non plus. Comme on sait, rien ne coûte plus cher qu'une mauvaise habitude.

∾

Voilà une semaine que Morula s'entraîne à faire des balles contre la porte du garage, menant un tapage infernal chaque fois qu'elle heurte une des plaques de tôle qui renforcent le bois vermoulu. L'exercice, heureusement, ne dure pas longtemps. Après une dizaine de minutes, Morula regarde de tous côtés pour s'assurer que personne ne la voit et, avant d'être surprise en flagrant délit, pénètre subrepticement dans le garage.

Dès que ses yeux se sont habitués à la pénombre et son nez à l'écœurante odeur d'huile à moteur dont l'air est saturé, elle se faufile entre le mur de ciment et les ailerons boueux de la voiture, en faisant très attention de ne pas salir sa jupe blanche. Elle s'arrête pour se regarder un brin dans le rétroviseur. Elle esquisse une grimace. Je ne peux pas la blâmer : elle a fort mauvaise mine, les traits tirés, le teint brouillé. Or, c'est aujourd'hui qu'elle fait ses débuts au club de tennis et, naturellement, elle voudrait paraître à son avantage.

Elle avance jusqu'au fond du garage, là où Louis-Dollard a installé son établi. La table de travail en pruche est polie par l'usure, marquée de morsures d'outils. Tarauds, égoïnes, marteaux, rabots et vilebrequins sont accrochés derrière, sur un panneau en fibre de bois, disposés en panoplie comme des armes de collection. Morula s'approche de l'étagère où sont alignés les pots de peinture et de décapant, écarte les bocaux de vis et d'écrous soigneusement classés, avise une vieille boîte de conserve remplie de retailles de métal. Elle farfouille dedans, l'agite avec impatience, finit par verser tout le contenu sur l'établi. Elle trouve enfin ce qu'elle cherchait : un gros boulon croûté de rouille. Elle l'assujettit entre les mâchoires de l'étau, puis le lime à l'émeri jusqu'à ce que le fer brille.

Je ne comprends pas tout de suite ce qu'elle tente d'accomplir, mais je commence à m'en douter quand je la vois recueillir avec soin la limaille de rouille dans la paume de sa main et y ajouter une noix de graisse à gonds. Trempant son index dans la mixture, elle s'en farde d'abord les pommettes par larges mouvements circulaires, puis s'en beurre une épaisse couche sur les lèvres.

« Je ressemble à une vraie poupée », dit-elle, satisfaite, à son reflet dans le rétroviseur.

Pourquoi s'arrêterait-elle en si bon chemin ? Elle se donne un air mystérieux en charbonnant ses paupières d'un nuage de suie et imprime à ses cils un semblant de courbure au moyen d'une pince à bec plat. Elle déniche sur l'étagère un fond de teinture à bois de nuance acajou et s'en vernit les ongles. Il ne manque plus que la touche finale : quelques gouttes de térébenthine derrière les oreilles et au creux des poignets – juste assez pour s'envelopper d'une aura camphrée. Morula est fin prête maintenant. Il est onze heures et, au club de tennis, Penny Sterling l'attend.

Une foule de curieux s'est attroupée autour du court sur lequel Penny et Morula viennent de faire leur entrée. Au club, les nouveaux membres sont toujours accueillis avec cérémonie, et j'entends d'ici fuser les applaudissements. Penny se met immédiatement en position d'attente derrière la ligne de fond. Morula, elle, va se coller l'œil sur la grille : tout en tortillant l'ourlet de sa jupe plissée, elle dévisage un des jardiniers qui arrosent les bordures. L'homme a retiré sa chemise et l'a nouée autour de ses reins. Il est carré d'épaules et de mâchoire ; une épaisse moustache noire retombe sur ses lèvres et cache partiellement sa bouche, à laquelle il manque une dent. Je ne sais si le trou noir répugne à Morula ou la fascine, mais elle applaudit bêtement le jardinier quand celui-ci fait gicler par l'interstice un crachat aussi puissant que le jet sortant du tuyau d'arrosage.

La première manche commence enfin et, de mon poste, j'en suis attentivement le déroulement à travers la frondaison des grands ormes. D'entrée de jeu, Penny fait preuve de courtoisie. Elle a un bon service, mais se retient d'en déployer toute la puissance. Heureusement, d'ailleurs, car elle a beau frapper la balle dans la direction de Morula, celle-ci ne parvient jamais à la renvoyer – peut-être parce que, au lieu de suivre le projectile des yeux, elle essaie d'attirer l'attention du jardinier, qui s'obstine à arroser ses fleurs le dos tourné. Elle est incapable d'effectuer un revers et encore moins une volée. Quant à son service, ma foi, j'aime autant ne pas en parler. Les échanges, par conséquent, sont de courte durée ; avant que dix minutes ne soient écoulées, la partie est terminée.

Battue à plate couture, Morula est si pressée de sortir du court qu'elle oublie de féliciter son adversaire pour sa victoire. Enhardie par le masque de son maquillage, elle ne songe qu'à aller rejoindre le jardinier, qui est maintenant occupé à sarcler un massif de pivoines dans le parc. Elle veut le surprendre et s'approche de lui par-derrière, à pas de loup. Comme il fallait s'y attendre, un malheureux incident se produit : à l'instant précis où elle arrive à sa hauteur, il tourne la tête et lance un crachat que Morula reçoit en plein dans l'œil. La glaire spumeuse reste accrochée un moment au bord de ses cils avant de creuser sur sa joue une rigole où sont entraînées des particules de suie et de rouille. Le jardinier est un peu rustre : il bredouille des excuses dans son patois incompréhensible et s'éloigne en roulant des épaules.

Morula ne s'est jamais sentie aussi humiliée. Elle tente de s'essuyer avec sa manche, mais elle ne réussit qu'à se barbouiller davantage. Autour d'elle, c'est l'hilarité générale ; les enfants la montrent du doigt, et moi-même, je n'arrive pas à garder mon sérieux devant son visage grotesque. Seule Penny a la charité de voler à son secours. Elle lui tend son mouchoir, qu'elle a humecté à la fontaine, et l'aide à se nettoyer avec une douceur que Morula, dans sa détresse, n'est pas en mesure d'apprécier.

« Voilà, mademoiselle Delorme. Tout est réparé, vous n'avez plus à vous inquiéter. Vous avez été très gentille de m'inviter aujourd'hui et j'espère que vous me permettrez de vous rendre la politesse. M'accompagnerez-vous à l'ouverture du centre commercial samedi prochain ? Les boutiques de prêt-à-porter féminin organisent un grand défilé pour présenter la mode d'été, et on m'a demandé d'y participer en tant que mannequin. Il y aura aussi un manège pour les enfants et des prix de présence. Nous pourrions même en profiter pour dîner ensemble au restaurant, si vous voulez... »

Morula lui rend son mouchoir d'un air méfiant. Désarmée par une marque d'amitié dont elle n'a pas l'habitude, elle se demande si Penny n'est pas en train de se moquer.

«Laissez-moi quelques jours pour y penser», répond-elle en se gardant de s'engager, mais sachant fort bien que jamais invitation ne l'a autant tentée.

☙

Morula est accroupie dans le recoin le plus obscur de sa chambre. À l'aide de ses ongles tachés de teinture, elle soulève une des lattes de mon parquet. L'espace secret est juste assez grand pour contenir une fiole en verre ambré de deux onces liquides, sur laquelle est collée une étiquette délavée où l'on peut encore déchiffrer les mots *Burnett's Pure Vanilla Extract – The Essence of Economy*. Fabriquée à Boston, au Massachusetts, cette essence de vanille, produit de la distillation des gousses d'une orchidée, contient trente-cinq pour cent d'alcool blanc, conformément à la recette originale de Joseph Burnett, pharmacien qui s'était fait un nom en fournissant de l'éther pour la toute première anesthésie dentaire et qui, en 1847, à la demande d'une cliente française, inventa un procédé pour extraire sous forme liquide le parfum de la vanille – procédé qu'il appliqua par la suite à plus de vingt-cinq autres aromates, dont la muscade, le céleri, la banane et la violette. Quiconque boit de cette essence ressent une euphorie éthylique, une sensation de vertige et d'exaltation, auxquelles il est facile d'acquérir une dépendance physique.

Morula, qui essaie d'abuser de la vanille avec modération, s'en réserve une gorgée exclusivement pour les grandes occasions. Aujourd'hui, toutefois, elle tire sur le bouchon de liège et porte le goulot à ses lèvres, renverse la tête aussi loin que le lui permettent ses vertèbres cervicales et avale le contenu d'un trait. L'essence alcoolisée lui brûle la langue, la gorge, la poitrine; sa chaleur irradie lentement dans tout son corps, avec la promesse de l'apaisement. Morula ferme les yeux et attend que son cœur engourdi cesse de la torturer – sans penser une seule seconde à la porte qu'elle a oublié de fermer à clef.

Or, Estelle l'a entendue rentrer et, pressée de venir aux nouvelles, choisit ce moment pour faire irruption dans la chambre. Il y a longtemps que Morula ne laisse entrer personne chez elle, et Estelle est scandalisée de constater le désordre qui règne ici. Les romans à l'eau de rose sont empilés partout sur le sol, le store vénitien est relevé d'un seul côté, la lampe est renversée et le lit est sens dessus dessous. Estelle note tellement d'effractions au *Livre des règlements* de la maison Delorme qu'elle arrête de les compter après un moment.

«Ça sent curieux dans cette chambre, dit-elle, et je ne parle pas de l'odeur de renfermé...»

Nonobstant les protestations pâteuses de Morula, le nez exercé d'Estelle a reconnu un parfum niché très loin dans sa mémoire et qui y a laissé une trace indélébile. Ce sont des effluves de vanille qui flottent dans l'air, elle en est certaine, et elle parvient à en retracer l'origine jusqu'à la commode. Elle ouvre les tiroirs un à un, dans un grand fracas de flacons vides qui s'entrechoquent : il doit bien y en avoir trois cents là-dedans !

«Si je me fie au prix de quatre-vingt-neuf sous indiqué sur les étiquettes, calcule Estelle, le montant que tu as dilapidé pour assouvir ton vice représente au bas mot deux cent soixante-sept dollars. N'essaie pas de me faire croire que tu as payé ça avec tes petites économies...»

La somme est si colossale que Morula en reste elle-même interloquée. Elle finit par avouer, en montrant ses dents noircies par la vanille :

« J'ai grappillé de l'argent en rognant sur les dépenses de mercerie. »

Quelle serait la punition appropriée pour un crime d'une telle gravité ? Une simple amende ne saurait suffire ni empêcher les récidives. Non, il faut une peine exemplaire.

« Je te condamne à la réclusion, déclare Estelle. Tu ne sortiras plus de ta chambre d'ici la fin de l'été.

— Mais Penny m'a invitée à l'ouverture du centre commercial, la semaine prochaine ! Je dois absolument y aller ! »

Son désespoir lui casse la voix, mais n'émeut pas Estelle, qui sort et l'enferme à clef avant de lui annoncer, à travers la porte :

« Que ceci te serve de leçon. »

Et elle ajoute, pour mieux tourner le couteau dans la plaie :

« J'enverrai Blastula à ta place. Elle devrait bien s'amuser. »

Un risque calculé : ainsi pourrait-on résumer la vie de Louis-Dollard jusqu'à ce que le destin mette Estelle sur son chemin. Depuis son plus jeune âge, il avait toujours fait preuve d'une prudence d'actuaire, essayant de prévoir les conséquences de ses moindres décisions de façon à maximiser l'espérance de gains et à limiter les dangers de perte. Ces mêmes considérations avaient guidé son ambition de devenir, un jour, grand propriétaire foncier – le bâtiment représentant, selon lui, un investissement aux rendements quasi infaillibles.

Il avait passé beaucoup de temps à observer les chantiers pendant que l'Enclave se construisait, et en avait inféré que le métier d'entrepreneur ne requérait pas de talent particulier, si ce n'était celui de garder les cordons de la bourse fermement serrés. Quand, à vingt-cinq ans, il avait reçu de son père une coquette somme pour se lancer dans les affaires, son plan était donc déjà tout tracé. Il ne lui restait plus qu'à attendre l'occasion en or.

Celle-ci n'avait pas tardé à se présenter. Notre bon maire Darling, soucieux d'accroître les revenus de la ville en ces temps de crise, s'était engagé en effet à en doubler la population. Il faut dire qu'en dix ans d'existence l'Enclave n'avait réussi à attirer que mille huit cents habitants dans ses coquettes maisons jumelées et ses pavillons modèles avec garage, jardinet et véranda – et ce, malgré l'avantage d'offrir deux écoles, trois églises, de petits commerces et une banque à proximité. Le maire avait conçu un projet de développement qui prévoyait la construction d'une douzaine d'immeubles d'appartements au centre de la ville, tout autour d'un grand parc en forme de cloche, baptisé square Connaught en l'honneur de Son Altesse Royale le prince Arthur, duc de Connaught et de Strathearn, troisième fils et favori de la reine Victoria, lequel occupait la fonction de gouverneur général au moment de la fondation de notre glorieuse banlieue.

Le jour où les parcelles de lotissement avaient été mises aux enchères et cédées au plus offrant, Louis-Dollard était au premier rang pour profiter de l'aubaine. Il avait jeté son dévolu sur un lot qui bénéficiait d'une situation exceptionnelle, puisqu'il était contigu à la banque, et il l'obtint à vil prix.

« Il y aura des restrictions, prévint le maire. La ville se réserve un droit de regard sur les plans, et les coûts de construction devront se situer au-dessus de la barre des cinq mille dollars. »

Louis-Dollard n'avait aucune intention d'outrepasser indûment ce seuil de dépenses obligatoires. Il prépara donc lui-même les esquisses et les estimations préliminaires, n'engageant un architecte que pour tirer les plans définitifs. Il eut la bonne fortune de s'adresser à un certain Émile Monet, qui n'eut pas besoin que Louis-Dollard lui fasse un dessin pour comprendre ses besoins. L'architecte, de plus, avait plusieurs noms de fournisseurs à lui recommander, dont celui de son frère, qui avait été serrurier.

«Il est mort l'année dernière, mais son atelier a été repris par la famille, expliqua-t-il à Louis-Dollard. Si vous dites à Estelle que vous venez de ma part, elle vous accordera une réduction substantielle sur le prix des matériaux.

— Est-ce la veuve?

— Non, c'est la fille aînée. Mais je vous préviens: n'essayez surtout pas de l'embobiner. Elle a une bosse des affaires redoutable.»

❧

L'atelier de serrurerie était situé rue Ontario, au coin de l'avenue Morgan. La façade ne payait pas de mine: il n'y avait que trois cadenas dans la vitrine. À l'intérieur, l'espace était si exigu que Louis-Dollard n'eut aucune peine à y trouver l'Estelle en question. Elle ne lui sembla pas laide, bien qu'elle fût loin d'être une beauté; son principal attrait était d'être encore jeune, quoique de quatre ans son aînée. Elle était penchée sur un petit établi, occupée à façonner une clef.

«Alors, comment puis-je vous être utile?» dit-elle sans lever le nez de son travail.

Louis-Dollard lui remit sa liste d'achats, qu'elle lut tout haut après avoir rajusté ses lunettes, ponctuant chaque article d'un hochement de tête affirmatif.

«J'ai tout en stock, dit-elle enfin, mais il me faudra plus d'une heure pour préparer la commande.

— Je ne suis pas pressé, répondit Louis-Dollard, déjà ravi de prolonger sa visite.

— Je dois vous demander de payer aujourd'hui, par contre. La maison ne fait crédit à personne.

— Je suis envoyé par votre oncle, l'architecte Monet, fit valoir Louis-Dollard. Je suis en train de jeter les fondations d'un immeuble et, si vous me faites un bon prix, j'ai l'intention de devenir un client régulier de votre atelier. »

Estelle le regarda alors droit dans les yeux.

« Je vous accorde un rabais de cinq pour cent. »

Louis-Dollard fit un pas vers elle et, s'appuyant sur le comptoir, murmura :

« Pourquoi pas dix ? »

Avec un soupir résigné, la jeune femme prépara la facture.

« J'en ai pour quelque temps, dit-elle ensuite. Ne m'adressez pas la parole en attendant et, surtout, ne touchez à rien. »

Louis-Dollard alla s'asseoir et se recula sur son banc pour mieux observer Estelle pendant qu'elle remplissait la commande, ouvrant et fermant les tiroirs contenant les serrures, verrous, cadenas et loquets qu'il avait demandés. Ses gestes étaient d'une grande précision et d'une économie plus merveilleuse encore.

Lorsqu'elle eut terminé et que vint le moment de payer, Louis-Dollard ne put s'empêcher d'exprimer de l'admiration pour son efficacité. Elle compta d'abord l'argent avec révérence, lissant les billets avec un soin de repasseuse, nichant les pièces de monnaie dans leurs compartiments comme si elles étaient en verre. Une fois le tiroir-caisse refermé, elle enleva ses lunettes et lui répondit :

« J'ai été élevée dans la serrure et j'en connais tous les rouages par cœur... »

Louis-Dollard revint chez lui le pied léger et la tête débordante de joie. Ce n'est que le soir, après s'être déshabillé, qu'il examina la facture que la jeune fille lui avait dressée. Non seulement elle avait omis d'appliquer l'escompte promis, mais elle avait majoré tous les prix de dix pour cent!

❧

«Estelle? Vraiment? s'étonna l'architecte Monet quand Louis-Dollard lui annonça, le lendemain, qu'il avait enfin rencontré son Waterloo et désirait l'épouser sur-le-champ.

— Je n'ai jamais éprouvé une conviction plus forte de toute ma vie.

— Si j'étais vous, j'y penserais à deux fois. Son tempérament n'est pas des plus commodes, et puis je préfère vous avertir : elle n'a pas le cœur à la bonne place... »

Il lui raconta alors qu'Estelle, quand elle était petite, quémandait parfois vingt-cinq sous à son père pour aller se faire arracher une dent : quinze sous pour l'opération, dix pour le gaz hilarant. Eh bien, elle priait le dentiste de l'opérer à froid et gardait pour elle les dix sous excédentaires.

«Prenez garde, monsieur Delorme. Jamais ma nièce ne vous aimera autant qu'elle aime l'argent. »

Ces mots ne firent que conforter Louis-Dollard dans son sentiment, et il sortit du cabinet de l'architecte plus déterminé que jamais à demander la main d'Estelle.

«Au diable la prudence! se dit-il. Je suis prêt à la prendre à mes risques, périls et fortunes. »

Le samedi suivant, il se présentait chez la veuve Monet muni d'une lettre d'introduction signée par l'architecte, et demandait la main d'Estelle, promettant du même souffle de trouver quelqu'un pour la remplacer à la serrurerie. La mère, dont le teint grisâtre et l'extrême maigreur trahissaient déjà la mort prochaine, prévint Louis-Dollard de ne s'attendre à d'autre dot que le modeste trousseau que sa fille avait confectionné.

« J'en sors tout de même gagnant, répondit le prétendant, puisqu'une femme ayant la bosse des affaires vaut son pesant d'or. »

∂

Dès qu'Estelle eut donné son assentiment, les fiançailles furent officialisées et les bans publiés dans la paroisse d'Hochelaga. Le mariage, auquel n'assistaient que les témoins, fut célébré dans la petite chapelle attenante à l'église de la Nativité. Estelle était vêtue simplement de sa robe du dimanche et de son voile de communiante. Elle avait composé son bouquet elle-même, avec des pissenlits cueillis sur le bord du trottoir.

Aucun goûter n'ayant été prévu après la cérémonie, les nouveaux époux partirent sans tarder pour leur voyage de noces. Au terminus Harbour, ils montèrent à bord d'un tramway de la ligne quarante-neuf. Louis-Dollard avait planifié un itinéraire qui devait leur faire emprunter toutes les lignes du circuit sans passer deux fois par le même arrêt. La méthode par laquelle il était venu à bout de ce casse-tête était digne de celle conçue par Euler pour résoudre le problème des sept ponts de Königsberg. Estelle, qui n'avait jamais mis les pieds à l'ouest de la rue Berri, insista pour s'asseoir dans la première rangée de la motrice, où l'on jouissait d'une meilleure vue que dans la remorque.

Ils traversèrent ainsi la ville avec une seule correspondance et ne descendirent qu'au terminus de la rue Inspector. De là, ils dirigèrent leurs pas vers une petite bicoque isolée au beau milieu d'un terrain vague. Rien ne laissait deviner que cet édicule en bois au toit pentu fût une gare. Pas de marquise ni de salle des pas perdus, pas de kiosque à journaux ni d'horloge suspendue, pas de dépôt de bagages ni d'embarcadère, tout juste trois escaliers descendant vers autant de quais répartis entre cinq voies, qui convergeaient vers un tunnel signalé par un écriteau où avaient été peints à la hâte les mots *South Portal*.

Au guichet, Louis-Dollard acheta deux billets donnant droit à un passage jusqu'à la station de l'Enclave. Le contrôleur les poinçonna, et un porteur se chargea des bagages. Estelle n'aima pas beaucoup se trouver plongée dans le noir lorsque le train franchit le portail sud du tunnel et que les lampes, actionnées par dynamo, tardèrent à s'allumer. Pourquoi payer vingt-cinq sous le billet si l'on n'y voyait strictement rien ? Louis-Dollard convint qu'il s'agissait d'un fieffé gaspillage, mais passa tout de même le trajet le nez collé à la vitre du wagon, émerveillé par cette galerie souterraine qui avait été creusée de main d'homme dans le noyau rocheux du mont Royal.

La première vue qu'Estelle eut de l'Enclave fut celle du quai, aménagé au fond d'une large tranchée, et elle n'en fut pas charmée. Elle changea vite d'avis après qu'elle eut grimpé l'escalier menant à la gare et que le panorama de notre petite ville s'offrit à elle dans tout son pittoresque. Les fermes maraîchères parmi lesquelles avait grandi Louis-Dollard étaient depuis longtemps disparues, mais aux yeux d'une jeune femme qui venait de l'avenue Morgan, cette banlieue était presque la campagne. Jamais cette première impression ne la quitterait, et elle ne cesserait de répéter, tout au long de sa vie et toujours avec la même ferveur :

« Dans l'Enclave, l'air est plus pur que partout ailleurs. »

᷒

Les nouveaux mariés furent accueillis dans la maison ancestrale par Prosper Delorme et Oscar, le fils cadet. Estelle n'eut besoin que d'un coup d'œil pour jauger les deux hommes. Son beau-père était un vieux haïssable, mais il lui inspirait de la sympathie et elle ne doutait pas qu'il fût facilement apprivoisable. Son beau-frère Oscar, au contraire, lui déplut d'instinct : avec son sourire trop gentil, ses manières trop douces, c'était le type même du fils prodigue qui disperse son énergie en activités frivoles. Sa passion, en effet, était l'horlogerie, et il passait des heures à démonter et remonter le mouvement d'une vieille montre avec une complaisance éhontée qu'Estelle ne pouvait que désapprouver.

Morula, Gastrula et Blastula ne faisaient plus partie de la maisonnée. Elles avaient récemment été expédiées au noviciat des Sœurs de Sainte-Anne pour alléger la famille de leur charge. Leur chambre étant désormais vacante, c'est là que le jeune couple s'installa. Louis-Dollard proposa d'assembler deux des lits jumeaux et d'en faire une couche nuptiale, mais Estelle n'y tenait pas et y mit vite le holà.

« Avec le chantier d'un immeuble à surveiller, fit-elle valoir, tu auras besoin de toutes tes heures de sommeil. Quant à moi, j'ai du pain sur la planche, car j'entends devenir indispensable dans cette maison. Personne ne m'accusera de n'être ici qu'une bouche de plus à nourrir. »

Elle n'avait aucune raison de s'inquiéter. Prosper et Oscar, qui avaient dû se débrouiller seuls depuis le départ des filles, ne furent que trop heureux de lui céder les rênes de la vie domestique. Le beau-père se plia même de bonne grâce aux nombreux règlements qu'elle commença à instaurer. S'il s'était d'abord montré peu avenant envers sa bru, il fut très vite amadoué par son sens infaillible de l'économie. Non seulement elle ménageait les ressources, mais elle générait des revenus! En effet, elle s'attelait aux fourneaux avant l'aube pour mitonner un brouet à base de pelures de patates et de fanes de radis, qu'elle vendait ensuite cinq sous le bol aux ouvriers du chantier – un prix plus que raisonnable, étant donné qu'elle leur demandait le double pour utiliser les toilettes au fond du jardin.

À n'en pas douter, elle était digne d'être initiée sans délai au culte de Sa Majesté. Prosper la conduisit donc un beau matin, en grand mystère, dans la chapelle familiale. Le caveau avait bien changé en vingt ans : les anciens cageots à légumes et les étagères où s'alignaient autrefois les pots de confiture avaient été désassemblés, et leur bois avait été réutilisé pour fabriquer un confessionnal où, tous les premiers vendredis du mois, les Delorme venaient demander pardon pour leurs menues dépenses. Mais c'est le plafond qui avait subi la plus spectaculaire transformation : Prosper avait badigeonné les pièces de monnaie tapissant la voûte avec de l'urine de jument gravide, au contact de laquelle le cuivre avait acquis une belle patine vert-de-gris donnant aux lieux l'apparence d'un tombeau décrépit. Devant cette mosaïque où le visage de Sa Majesté semblait se multiplier à l'infini, Estelle tomba à genoux et en pâmoison.

Prosper entreprit d'évangéliser sa bru sur-le-champ, mais ne tarda pas à se rendre compte qu'il prêchait une convertie. Mieux encore : elle promettait d'être la plus pieuse fidèle par sa dévotion exemplaire à l'argent. Et puisqu'elle devrait un jour transmettre la foi véritable et la bonne parole à ses héritiers, le patriarche n'hésita pas à faire d'elle la dépositaire d'un secret personnel, intime même, qu'il n'avait jamais révélé à quiconque.

మ

Il avait alors onze ans. Après une longue journée de cueillette dans le verger, il s'était assis sur la clôture pour se reposer un brin avant de rentrer. L'air était aussi cru que la chair de la pomme dans laquelle il croquait, et le soleil déclinant avait cette éblouissante intensité qu'il a à l'équinoxe. Au bout du chemin, une carriole approchait à toute vitesse. Elle était conduite par un homme vêtu de noir, à la mode de la ville. C'était le docteur Simon, le nouveau médecin de la paroisse. Il était attendu depuis la veille chez les Deslauriers pour amputer la jambe du petit Charles, atteinte de gangrène à la suite d'un accident de ferme ; il avait été retenu par un accouchement et craignait maintenant de s'égarer sur les petites routes de campagne et d'arriver trop tard pour sauver son patient.

Le docteur freina brusquement à la hauteur de Prosper et, de but en blanc, lui demanda son chemin. Le garçon resta imperturbable devant cette impatience quelque peu impérieuse et ne se montra pas pressé de répondre. Un sentiment familier le retenait : une réticence instinctive et presque insurmontable à partager ce qui lui appartenait, fût-ce un simple renseignement.

«Es-tu muet?» interjeta le docteur avec une agitation croissante.

Il n'y avait aucune autre âme à la ronde et, de fait, Prosper était ici le seul recours – une situation qui pouvait peut-être être monnayée à son avantage.

« Une information doit bien valoir quelque chose », dit-il au médecin tout en rongeant le trognon de sa pomme.

Le docteur Simon rajusta son lorgnon et prit une grande inspiration. En temps normal, il serait descendu de sa carriole pour tirer les oreilles à ce garnement. Mais, comme chaque seconde comptait, il lui lança la seule pièce qu'il trouva dans la poche de son gilet et, d'un coup de fouet, fit repartir son cheval au galop dans la direction que Prosper lui indiquait.

Le garçon se garda bien de montrer à ses parents le produit de son extorsion. Il attendit la nuit pour examiner, dans le secret de sa chambre et à la lueur d'une faible bougie, la première pièce de monnaie qu'il gagnait de sa vie. Celle-ci, frappée en 1880, était en argent massif et d'une valeur faciale de vingt-cinq cents canadiens; l'avers portait l'effigie en profil de la reine Victoria avec son diadème d'apparat, et le revers une couronne de feuilles d'érable. Jamais Prosper n'avait tenu entre ses mains une chose aussi précieuse et il ne regrettait pas de s'être prêté, pour se l'approprier, à un vil marchandage.

Il aurait bientôt à s'en féliciter davantage, quand la pièce ferait pleuvoir la manne sur lui. Le lendemain, en effet, il recevait deux sous du bedeau pour l'avoir aidé à retrouver le panier de quête, et deux jours plus tard, une veuve lui en donnait cinq pour avoir rapporté son chapeau emporté par le vent. Le samedi suivant, il obtenait un prix inespéré pour six poulets qu'il était allé vendre au marché, et son père lui permettait de garder quelques sous des profits. Et que dire de la monnaie qu'on lui avait rendue en trop au magasin général et qu'il avait empochée sans scrupules?

Ce brusque revirement de fortune n'était pas fortuit, songeait Prosper lorsque, le soir venu, il étalait son trésor sur la toile de sa paillasse. Il plaçait alors la grosse pièce d'argent en plein centre, telle une poule féconde entourée de sa couvée de petits. Le reste du temps, il la gardait en sûreté sur sa personne, et il la frottait entre ses doigts à tout bout de champ, autant par superstition que pour s'assurer qu'elle était toujours en sa possession. Il finit ainsi par lui attribuer une valeur de talisman et jamais, durant un demi-siècle, il ne s'en départirait, alors que, sur les nouvelles émissions de monnaie, trois souverains se succéderaient.

❧

Cette vieille pièce au relief si usé qu'on y décelait à peine la couronne d'érable et encore moins le visage de la reine, Prosper la faisait à présent osciller comme un pendule devant les yeux d'Estelle.

« C'est la Pièce Mère, lui dit-il solennellement, celle qui est à l'origine de notre fortune. Elle génère la richesse, et celui qui la possède ne manquera jamais d'argent. À ma mort, elle reviendra au tout premier de mes héritiers. »

Le soir même, Estelle entreprenait Louis-Dollard au sujet du devoir conjugal et s'y soumettait dans la fébrile espérance d'avoir un enfant – un fils, de préférence. L'affaire fut vite consommée : afin d'obtenir un rendement optimal avec un investissement d'énergie minimal, Estelle tenait le compte des mouvements pendant que Louis-Dollard s'exécutait, comme un revolver, en six petits coups. Cette méthode de copulation devait être d'une redoutable efficacité, car les jeunes mariés purent bientôt annoncer à Prosper que sa lignée était assurée.

Estelle profita de sa condition pour ralentir ses activités et paresser au lit. Avec l'arrivée de l'été, elle prit l'habitude de passer l'après-midi avachie sur la galerie sous prétexte que la chaleur l'indisposait. Vers quatre heures, quand sonnait la clochette du marchand de crème glacée, elle était prise d'une fringale et se précipitait au-devant du triporteur où, contre cinq sous, elle obtenait un cornet napolitain – vanille, fraise et chocolat. Elle le dégustait en se berçant et, quand la boule commençait à ramollir, elle la poussait avec sa langue au fond du cône; puis, la tête penchée vers l'arrière, elle croquait la pointe du cornet et aspirait la crème fondante par l'ouverture. Comme elle se sentait coupable de dépenser des sous si durement gagnés, elle se mit à calculer combien ce petit plaisir risquait de lui coûter par année. Le montant de dix-huit dollars et vingt-cinq cents faillit lui donner la nausée – et il ne lui fallut qu'une légère extrapolation pour se rendre compte qu'avant de mourir, elle aurait enrichi de mille dollars les marchands ambulants! Elle renonça aux cornets séance tenante. Elle se contenterait, désormais, de sucer des pièces de monnaie.

C'est donc la conscience en paix et l'esprit serein qu'elle accoucha d'un garçon, à la plus grande joie de son beau-père. Elle confectionna un berceau pour le nouveau-né dans le tiroir d'une commode et lui tailla des langes en papier journal qui tenaient avec des pinces à linge. Elle le nourrissait au sein et le gavait du lait qu'il régurgitait afin de lui enseigner l'horreur du gaspillage dès son plus jeune âge. Elle-même buvait de cette bière très houblonnée qu'on appelle *porter* pour stimuler ses glandes mammaires, espérant ainsi faire durer la période de lactation pendant au moins quatre bonnes années et repousser le moment où elle devrait acheter du Pablum, la nouvelle céréale miracle qu'on donnait à tous les bébés.

À trois mois, le poupon n'avait toujours pas reçu de nom, et Prosper tenait à ce qu'il soit baptisé. Un beau dimanche, alors que tous les bons chrétiens de l'Enclave étaient à l'église, le patriarche vint trouver les jeunes parents et les avisa que le rituel allait commencer. Estelle lui répondit que l'enfant était prêt depuis l'aube, et ils descendirent tous ensemble à la cave, où Oscar les attendait. La porte de la chapelle était grande ouverte et un cierge de suif y avait été allumé.

Prosper, qui avait revêtu pour l'occasion son costume noir et ses bottines cirées, enleva le nourrisson aux bras d'Estelle et frotta vigoureusement le bout de chacun des petits doigts potelés avec la Pièce Mère, en psalmodiant comme une incantation :

« Par le pouvoir de Sa Majesté le roi George VI, je te baptise Vincent. Que tout ce que tu touches dorénavant soit multiplié par vingt et par cent. »

Il allait procéder à la bénédiction quand il fut interrompu par une rumeur de voix féminines sur la galerie, suivie de claquements de porte et de bruits de pas affairés. Il leva la tête juste à temps pour voir Morula, Gastrula et Blastula faire irruption dans la chapelle. Avec leurs pèlerines mouillées et leurs sacs à malice en peau de porc, elles avaient l'air des trois sorcières de *Macbeth* errant en galoches sur les landes de Forres.

« Nous avons été renvoyées du couvent ! dit Morula non sans une certaine fierté.

— Évincées ! Excommuniées ! renchérit Gastrula. Tout ça parce que nous avons refusé de faire le vœu de pauvreté et de renoncer aux œuvres de Sa Majesté.

— Même la sœur économe nous a traitées d'hérétiques, dit Blastula. Nous avons échappé de justesse à l'exorcisme. »

Toutes trois s'avancèrent et, un peu cavalièrement, se présentèrent à Estelle.

« Est-ce l'héritier Delorme ? demanda Morula en se penchant au-dessus de Vincent.

— Le seul et unique, répondit Estelle d'un ton signifiant clairement qu'il n'y en aurait pas d'autre.

— Nous ne voudrions pas que le patrimoine soit un jour dilué, ajouta Louis-Dollard en guise d'explication.

— Il aura les yeux du même vert que les billets de banque, prédit Blastula.

— Il prendra la tête de notre empire, acquiesça Gastrula.

— Il sera millionnaire ! » leur fit écho Morula.

C'est à cet instant qu'une pièce de cuivre se détacha du plafond et tomba sur le front du nouveau-né, qui se mit aussitôt à hurler à pleins poumons en signe de protestation. Estelle préféra interpréter ces cris autrement :

« Il désapprouve déjà le gaspillage, dit-elle. Quel heureux présage ! »

∾

Le conseil de famille fut réuni pour décider ce qu'on ferait des trois sœurs, dont le retour inopiné plongeait la maisonnée dans l'embarras. Estelle proposa de les prendre sous sa gouverne et de superviser leur travail. Son plan était déjà tout pensé :

« Blastula se chargera du ménage, Morula de la lessive et de la couture, et Gastrula des courses et de la cuisine.

— Fort bien, dit Prosper, mais où va-t-on les loger ? »

Oscar, alors, s'avança au milieu de l'assemblée.

« Elles peuvent prendre ma chambre, dit-il à son père, car je vais partir. Il est grand temps que je vole de mes propres ailes. Donne-moi seulement un peu d'argent pour m'établir. Je ne demande pas plus que ce que Louis-Dollard a reçu.

— Soit, dit Prosper. Va et fais fructifier tes talents. »

Le lendemain, il disait adieu à son fils cadet. C'était la dernière fois que tous deux se verraient, morts ou vivants.

Tous les matins, notre rue est prise d'assaut par une horde de jeunes camelots, certains à bicyclette, d'autres traînant un petit chariot, qui lancent sur le perron de chaque maison un exemplaire du *Star,* de *La Patrie* ou de la *Gazette.* Devant moi, cependant, ils passent tout droit sans jamais s'arrêter : pourquoi les Delorme débourseraient-ils dix cents pour des nouvelles qui ne seront plus fraîches demain ? Quand Louis-Dollard veut consulter les résultats des courses, il se lève à l'aube et, sur la pointe des pieds, va rôder dans les corridors de son immeuble, où il épluche sans frais les exemplaires des locataires. Ce matin, Penny Sterling l'a pris en flagrant délit devant sa porte, le nez plongé dans les pages sportives de *La Presse.*

« Votre journal a été livré chez nous par erreur, a-t-il dit pour sauver la face. J'étais venu vous le rendre.

— Vous êtes trop aimable, a répondu Penny en recevant le paquet de feuilles froissées. Je peux vous donner les pages sportives, si vous voulez, je ne les ouvre jamais. Et puis prenez aussi le *Weekly Post,* j'en ai terminé. »

Le *Weekly Post,* notre hebdomadaire local, est lu par tous les résidants de l'Enclave. Ceux-ci sont ainsi informés des projets de notre bon maire, des nouveaux règlements municipaux, des cambriolages qui ont été perpétrés chez les particuliers, des activités au centre récréatif et des nouvelles acquisitions de la bibliothèque. La publication est abondamment illustrée de photos célébrant les mariages, les victoires de nos équipes sportives, l'arrivée de la duchesse du carnaval à l'aréna, le défilé d'été au parc Connaught, la cérémonie de l'Armistice au cénotaphe. On y trouve aussi la liste des maisons que nos courtiers immobiliers mettent sur le marché et de nombreuses publicités.

Aujourd'hui, une publicité pleine page annonce la grande ouverture du nouveau centre commercial qui a été bâti là où s'élevait jusqu'à tout récemment le pavillon de notre regretté club de golf. De mon toit, j'ai assisté avec intérêt aux travaux : j'ai vu les ouvriers abattre des saules centenaires, excaver de vastes fosses, couler des fondations d'où ont émergé des murs revêtus de briques vernissées d'un beau bleu outremer et, enfin, suspendre les enseignes des trente-sept commerces venus s'y installer. Boutiques de vêtements, de lingerie ou de chaussures, bijouteries, merceries, salons de coiffure, restaurants, boulangeries, chocolateries, fleuristeries, tabagies, quincailleries, librairies, pharmacies, banques, magasins de jouets, de musique ou d'articles de sport, salle de culturisme... Le journal en donne une liste détaillée, ainsi que l'horaire des activités de la journée.

Quand Louis-Dollard rentre à la maison, il file droit à la salle à manger et s'empresse de montrer la page publicitaire à sa femme, qui s'est attardée à la table du déjeuner pour ramasser les miettes de toasts sur la nappe avec une pince à sucre – miettes qui sont méticuleusement recueillies dans un pot de métal et qui serviront, dès qu'il y en aura une quantité suffisante, à préparer de la chapelure ou du pouding au pain.

«Le centre commercial ouvre ses portes tout à l'heure, dit-il. Ma sœur est-elle prête? Mlle Sterling lui a donné rendez-vous à midi pile, devant les fontaines.

— Je l'ai déjà envoyée s'habiller, répond Estelle. N'oublie pas de lui remettre un peu d'argent, au cas où elles iraient au restaurant.

— Entre nous, crois-tu que Blastula fera une bonne espionne?»

Sans lâcher la pince à sucre, Estelle le rassure:

«Chose certaine, elle ne peut être pire que Morula.»

Sur ce point, je pourrais facilement la contredire.

❧

De viles bêtes noires. Aussi luisantes que duveteuses, figées dans des contorsions obscènes. Voilà à quoi ressemblent les saletés qui apparaissent dans le microscope de Blastula ce matin, pendant qu'elle examine ses rognures d'ongles grossies quatre cents fois – saletés qu'elle a probablement contractées tout à l'heure en comptant les sous dans son porte-monnaie. Rien n'est plus crasseux que l'argent, elle le sait trop bien, surtout les pièces perdues qu'elle ramasse sur les trottoirs, dans les caniveaux, sur les bancs de parc ou dans les sébiles des téléphones publics, et qu'elle accumule dans l'espoir de s'acheter un jour un microscope encore plus puissant, capable de lui révéler, dans toute leur horreur, streptocoques, staphylocoques, pneumocoques, bacilles, tréponèmes, spirilles, aspergilles et autres types de moisissures.

Elle a pourtant lavé ses mains méticuleusement tout de suite après avoir manipulé les sous, au savon Cuticura. Ce fameux antiseptique fabriqué par la maison Potter contient deux ingrédients médicamenteux, le triclocarban et le bleu de Prusse, qui éliminent quatre-vingt-dix-neuf virgule quatre-vingt-dix-neuf pour cent des champignons et des bactéries. Une pléthore de germes pathogènes ont probablement échappé à la tentative de stérilisation, lesquels, alliés à l'onychophagie, risquent de lui transmettre aphtes, panaris, mycoses et psoriasis unguéal. Car Blastula entretient, depuis l'enfance, une détestable habitude dont elle n'a jamais réussi à se débarrasser : elle ne cesse de porter les mains à sa bouche. Elle se ronge les ongles jusqu'à la pulpe, elle grignote ses cuticules, elle mordille le pli interdigital du pouce et de l'index – et elle aimerait bien le faire en sécurité.

De toute la maisonnée, personne n'est aussi tatillon qu'elle en matière d'hygiène corporelle – et personne ne prend si peu soin de son apparence physique. Elle porte chaque jour le même accoutrement : un pantalon fuseau noir et un chandail à col roulé blanc, qui proviennent de la section pour les garçons d'un catalogue de vente par correspondance, tout comme ses chaussures à semelles de crêpe. Elle ne possède ni bijoux, ni foulards, ni aucun autre accessoire. Elle ne s'est jamais maquillée. Elle garde ses cheveux attachés. Qu'elle ait été, des trois sœurs, celle désignée par Estelle pour assister au défilé de mode auquel participera Penny Sterling défie l'entendement, car elle est sans conteste la plus improbable et la moins adéquate des candidates à cette mission hautement féminine. Pour tout dire, il serait plus approprié de l'envoyer s'entraîner à la salle de culturisme Vic Tanny.

À la voir aujourd'hui revêtir des gants blancs, on serait tenté de croire qu'elle fait une importante concession à l'élégance. Or, il n'en est rien : les gants sont destinés à préserver ses mains au cas où elle repérerait, en chemin vers le centre commercial, l'éclat cuivré d'un sou égaré. Elle marche donc lentement et s'attarde au passage à niveau, là où, le soir, les jeunes délinquants de l'Enclave viennent faire exploser des pétards ; elle fouille au milieu des fardoches, mais ne voit que des enveloppes de gomme à mâcher, de vieux kleenex, des pansements usagés, des bâtonnets de Popsicle, des capsules de bouteille rouillées.

Soudain, les notes discordantes d'une fanfare la rappellent à l'ordre. Le ciel, qui était ce matin nuageux, s'est dégagé, et sous sa voûte s'échappe un vol de ballons rouges et bleus. Au centre, les festivités viennent de commencer, et Blastula presse le pas.

Quand elle en atteint l'entrée, le parc de stationnement est bondé et les curieux se bousculent déjà autour des portes-tambours du grand magasin Morgan. Tandis que les enfants dans leurs poussettes réclament à grands cris qu'on les emmène voir les jouets chez Fernley ou la grande glissoire qui a été aménagée chez le marchand de chaussures Brown, les hommes courent se réfugier à la tabagie et chez DeSerres, où l'on vend des articles de sport, ou restent hypnotisés devant les vitrines de la corsetterie Brière. Une foule d'élégantes se pressent entre les arcades de la cour centrale, où une grande passerelle a été dressée en vue du défilé de mode qui va commencer ; deux dames très distinguées sont venues d'aussi loin que Roxboro pour y assister. Après avoir testé le micro, l'animatrice de l'événement réclame le silence et signale que les vêtements présentés aujourd'hui ont été gracieusement prêtés par les boutiques Dobridge et Lindor. Les haut-parleurs se mettent alors à cracher une musique jazzée et, sans plus attendre, les premiers mannequins font leur entrée; elles marchent en déposant la pointe avant le talon, la tête haute et le regard au loin. Certaines portent des tailleurs ajustés d'hôtesses de l'air, d'autres des robes soleil agrémentées de boléros. Les gants en chevreau leur montent jusqu'aux coudes et les chapeaux sont si larges qu'ils pourraient leur servir de parapluies. Aucune d'elles ne suscite autant d'applaudissements, cependant, que Penny Sterling, vêtue d'un pantalon capri en vichy et d'un chemisier noué sous la poitrine.

«Cette tenue est un peu trop révélatrice à mon goût, dit une des dames de Roxboro. Mais elle va à ravir au mannequin qui la porte.

— Elle a toute une silhouette, acquiesce sa mère. Et elle soutient bien ce qu'elle avance.»

Blastula en a assez vu et entendu. Elle choisit ce moment pour s'esquiver et se faufile à travers la foule jusqu'aux fontaines, où les badauds viennent jeter des pièces par superstition. Il y a déjà tellement de sous noirs dans les bassins qu'on ne voit presque plus les mosaïques du fond. Blastula s'approche de la margelle, sans se préoccuper d'être éclaboussée par les grands jets d'eau, et tente d'évaluer la somme de cette scandaleuse prodigalité. Son œil s'arrête brusquement sur un reflet brillant – un reflet non pas de cuivre, ni même de nickel, mais bien d'argent! Dans sa bouche afflue aussitôt un flot de salive si abondant qu'elle n'arrive plus à déglutir.

Midi sonne aux clochers des deux églises catholiques de l'Enclave. Sur la passerelle, l'animatrice vient d'annoncer la fin du défilé, et la foule commence à se disperser. Blastula n'a plus une seconde à perdre. Elle jette un rapide regard à la ronde et, une fois assurée que personne ne l'observe, elle plonge sa main gantée dans l'eau du bassin avec une grimace de dégoût à l'idée de la faune bactérienne qui doit y proliférer. Le plus discrètement possible, elle essaie d'attraper la pièce de dix sous, mais le gant entrave sa dextérité, et la pièce, tel un poisson d'argent, frétille et lui glisse entre les doigts. Blastula se penche au-dessus de la margelle, au risque de basculer dans l'eau contaminée. Elle y est presque, elle va y arriver...

C'est à ce moment qu'une voix l'interpelle et la fait sursauter.

« Avez-vous perdu quelque chose ? »

Dieu merci, ce n'est pas un gardien, mais seulement Mlle Sterling, qui s'excuse d'arriver un peu en retard à leur rendez-vous. Elle a eu le temps de se changer et d'enfiler une jupe évasée avec un chemisier blanc échancré, mais pas de se démaquiller : ses cils sont ourlés de mascara, ses lèvres sont d'un rouge appétissant. Sa masse de cheveux châtains est retenue par ses verres fumés. Honteuse d'avoir été prise la main dans l'eau, Blastula retire son gant et essaie tant bien que mal de l'essorer.

« Allons plutôt dîner, dit Penny quand l'autre se met à agiter le gant en l'air pour le faire sécher. Vous devez mourir de faim. »

Au lieu d'aller s'asseoir au comptoir du magasin Woolworth avec le reste de la populace, elles entrent, sur l'insistance de Penny, au très chic restaurant Les Cascades, dont les grandes baies vitrées donnent sur les fontaines. L'endroit est déjà bondé et le maître d'hôtel, à grand renfort de saluts obséquieux, les conduit à la dernière table libre, juste devant une fresque murale décorée de paillettes aux tons aquatiques. Dans l'air flotte le lourd parfum du fréon qui émane des appareils de climatisation. Blastula, qui n'a jamais mis les pieds dans un restaurant, ne connaît pas la moitié des termes du menu; les prix lui semblent exorbitants et elle s'inquiète de ne pas avoir assez d'argent pour payer la note. Fort heureusement, sa compagne choisit la table d'hôte à deux dollars soixante, et elle s'empresse de commander la même chose. La serveuse leur apporte bientôt un verre de jus de palourde accompagné de deux craquelins emballés individuellement dans de la cellophane, puis un filet de haddock pané à la sauce tartare et, comme dessert, une part de tarte meringuée à la noix de coco.

Après le repas, pendant que Blastula sirote son thé – de l'orange pekoe Salada de premier choix –, Penny se penche vers elle et lui dit, sur le ton de la confidence :

«J'espère que vous ne trouverez pas ma remarque déplacée, mais vos mains semblent bien rouges et irritées.

— Je n'y peux rien : elles trempent dans le seau d'eau javellisée toute la journée et n'en sortent que pour récurer les surfaces avec de la poudre Old Dutch.

— Mais cette poudre est très abrasive : elle est faite de pierre ponce extraite du désert des Mojaves, en Californie !

— Une fois le ménage terminé, je dois encore frotter mes mains au Cuticura pour les désinfecter.

— Vous devez sûrement souffrir de dermite. Ce problème était autrefois très fréquent chez les infirmières qui travaillaient dans les salles d'opération : leur épiderme était rongé par les antiseptiques. »

C'est pour elles, raconte Penny, que le grand chirurgien Halsted, de l'hôpital Johns Hopkins, à Baltimore, inventa les gants en caoutchouc. Il les fit fabriquer par l'usine Goodyear, où l'on vulcanisait le latex avec du soufre – un procédé garantissant une parfaite étanchéité contre toute forme de contamination.

«Vous serez heureuse d'apprendre, mademoiselle Delorme, que la société Playtex vient de mettre sur le marché des gants en caoutchouc spécialement conçus pour le ménage et la vaisselle, avec lesquels on peut même ramasser une pièce de dix cents, s'il faut en croire la publicité!

— Où peut-on s'en procurer?

— Chez Woolworth, et ils ne coûtent qu'un dollar et trente-neuf la paire.»

Les yeux de Blastula s'allument de convoitise et elle se lève d'un bond.

«Ne perdons plus notre temps ici, alors.»

Elle est si pressée qu'elle laisse à Penny le soin de payer l'addition. En guise de pourboire, elle abandonne sur la nappe son gant de coton blanc trempé.

❧

Blastula sort de chez Woolworth quinze minutes plus tard, arborant des gants d'un jaune serin éclatant. Elle en est d'autant plus fière qu'elle ne les a pas payés : Penny les lui a gentiment offerts. Elle se dirige vers les fontaines, impatiente de mettre l'étanchéité du caoutchouc à l'épreuve. Mais son visage se défait quand elle fouille au fond du bassin et ne rencontre que des sous noirs. Aucun doute dans son esprit : un bandit de grand chemin a subtilisé sa pièce d'argent! Et, pour couronner le tout, elle entend Penny s'exclamer derrière elle :

«Ça doit être mon jour de chance : je viens de trouver dix sous par terre!»

La jeune fille retourne le disque brillant dans sa paume grande ouverte, exposant les images en relief dont Blastula connaît les moindres détails pour les avoir souvent examinées au microscope, de pile comme de face : d'abord l'auguste profil de Sa Majesté Élisabeth II, puis celui du voilier *Bluenose,* gravé par le médailleur Emanuel Otto Hahn, qui dessina également le caribou sur les pièces de vingt-cinq sous et les voyageurs en canot sur celles de un dollar.

Blastula voudrait intercepter l'argent au passage, refermer son poing dessus, le tenir serré près de son cœur. Elle regarde Penny comme si l'autre venait de la voler tout rond ; pour un peu, elle retirerait ses gants et se rongerait les ongles d'indignation.

« Vous n'avez pas l'air dans votre assiette », dit Penny.

Blastula doit avouer que cette journée riche en émotions l'a un peu vannée.

« Pas de souci, mademoiselle Delorme. J'ai ce qu'il faut pour vous remonter. »

Sans plus d'explication, elle l'entraîne à l'autre bout du centre commercial et, après lui avoir adressé un clin d'œil de connivence, pousse la porte de la chocolaterie.

« Suivez-moi, dit-elle en entrant. Avec cet argent inespéré, nous allons nous gâter ! »

Blastula, qui ne connaît de confiserie que les infects poissons rouges piquants à la cannelle, est assaillie par une bouffée d'effluves exotiques et alléchants : beurre de cacao et crème à l'orange, cerises au marasquin et noix du Brésil, nougat et pâtes de fruits confits. Derrière le comptoir vitré, une vendeuse d'une grande amabilité propose à Penny une boîte de miniatures, « les préférées des dames », mais celle-ci ne se laisse pas tenter.

«Non, non, c'est du sucre à la crème que nous voulons!»

La vendeuse se sert d'une petite pince dorée pour saisir deux carrés. Elle enveloppe chacune des douceurs dans un emballage de cellophane, puis les dépose sur le comptoir. Blastula a un dernier pincement au cœur quand la pièce en argent – sa pièce! – disparaît dans le tiroir-caisse.

À peine sortie de la chocolaterie, Blastula déchire l'emballage et avale son carré de sucre à la crème avec délectation. Penny examine le sien longuement et sous tous ses angles. Elle s'y connaît en sucre à la crème, dit-elle: sa défunte mère en confectionnait de l'excellent. Elle n'utilisait que de la crème à trente-cinq pour cent et du sucre d'érable véritable. Ses friandises étaient d'un blond très pâle, plus douces qu'une caresse, plus onctueuses qu'un rêve.

«La couleur de ce sucre tire un peu trop sur le roux, dit-elle d'un ton sévère, et l'odeur ne me dit rien qui vaille. Ce n'est pas celle de la vanille naturelle, mais de sa pâle imitation, l'essence de giroflier.»

Elle mord dans le carré du bout des dents et fait immédiatement la grimace.

«Du beurre et de la vulgaire cassonade: quelle déception!

— Il faut toujours se méfier des contrefaçons, ânonne Blastula sans empathie aucune.

— Je donnerais cher pour goûter encore une fois au sucre à la crème de ma mère, dit Penny avec un soupir lourd de regret. Allons, rentrons à la maison.»

Elle jette le reste du carré par terre et s'éloigne en marchant du talon. Avant de la suivre, Blastula fait claquer les doigts de ses gants jaunes, ramasse le morceau de sucre entamé et le glisse en douce dans son porte-monnaie.

En arrivant ici, elle grimpe dans sa chambre, nettoie le carré avec de l'alcool et l'astique jusqu'à ce qu'il reluise comme un sou neuf. Elle prélève ensuite un frottis, qu'elle observe au microscope. Une fois assurée que le sucre à la crème est parfaitement stérilisé, elle va le porter à Estelle.

«Tiens, lui dit-elle. Si tu veux attraper ta mouche, c'est avec ça que tu l'attireras.»

Si le temps était vraiment de l'argent, comme Benjamin Franklin l'a soutenu dans ses *Conseils à un jeune artisan,* Oscar Delorme aurait dû être riche à millions. Il avait en effet décidé de mettre à profit les quelques rudiments d'horlogerie qu'il avait acquis en démontant et en remontant le mouvement d'une montre, et d'ouvrir une bijouterie avec le pécule que lui avait donné son père. Il n'avait malheureusement pas hérité de la bosse familiale des affaires. Au lieu d'établir son pignon sur un grand boulevard, il alla s'exiler dans le quartier ouvrier de Rosemont au moment même où la crise battait son plein.

La boutique, nichée dans l'édifice de la Banque Laurentienne à l'angle de la 7e Avenue et de la rue Masson, partageait son entrée avec le studio d'un photographe. Oscar n'avait rien épargné pour qu'elle rivalise de luxe avec les grands magasins du centre de la ville : murs couverts de miroirs, lustre à pendeloques de cristal, rideaux de velours grenat aux embrasses brodées de ses initiales, et présentoirs en chêne massif où s'alignaient colliers de perles, bracelets, chaînes en or, bagues serties de diamants et autres pierreries, ainsi qu'un vaste choix de montres, de pendules, de montures de lunettes et de pièces d'orfèvrerie.

Le nouveau commerçant était si fier de sa boutique qu'il voulut, le matin de l'ouverture, se faire photographier devant la vitrine, où il était écrit, en cursives argentées : *Oscar Delorme, horloger-bijoutier.* Il dut cependant patienter un peu, car son voisin était déjà occupé à tirer le portrait d'une jeune fille – et la séance promettait d'être longue. Le sujet, en effet, avait demandé que l'on prenne d'elle deux photographies différentes : la première était destinée à un prétendant qui aimait voir ses cheveux relevés en chignon; la seconde, à un autre qui les préférait tressés. Devant une toile de fond représentant un parc, elle posait sur un banc de jardin en osier qu'elle partageait avec un écureuil empaillé. Oscar la trouvait jolie à croquer et ne pouvait s'empêcher d'être amusé quand elle feignait de réprimander la bestiole. Le regard de la jeune fille papillotait sans cesse dans sa direction et, chaque fois qu'elle lui souriait, l'horloger ressentait la plus vive émotion. Au bout d'un quart d'heure de ce manège, le photographe, exaspéré, leur proposa de poser ensemble, ce qu'ils acceptèrent sans hésiter. Devant l'objectif, ils restèrent immobiles, les yeux dans les yeux et les doigts enlacés, longtemps après que le petit oiseau se fut envolé.

Gisèle était loin d'être un aussi bon parti qu'Estelle. Elle venait d'une famille modeste et son père, voyageur de commerce, avait dilapidé les économies du ménage sur une poule qu'il entretenait dans le bas de la ville. Elle avait dû abandonner très tôt l'école pour gagner sa vie, travaillant d'abord chez un fabricant de poupées de chiffon, puis dans une manufacture de chapeaux, où elle avait commencé comme apprêteuse avant de devenir modiste. Peu encline aux tâches domestiques, elle n'avait qu'un seul talent : celui de confectionner du sucre à la crème. Une fois par semaine, elle allait au marché du Nord acheter de la crème double – une denrée rare que les fermières réservaient à leurs clientes privilégiées et qu'il fallait leur soutirer à grand renfort de supplications. Une fois rentrée à la maison, elle en versait une chopine dans un grand chaudron avec quatre tasses de sucre d'érable râpé et une cuillerée à thé de bicarbonate de soude, et elle faisait bouillir le tout jusqu'à ce que le mélange, soufflé à travers l'écumoire, se détache en grosses bulles bien formées. Elle y ajoutait un bouchon d'essence de vanille, une noix de beurre, une pincée de sel, puis le battait vigoureusement avec une cuiller en bois – pas plus de quarante coups, toutefois, selon la recette secrète qu'on se transmettait de mère en fille depuis quatre générations dans sa famille.

De toutes les confiseries, le sucre à la crème est celle dont la confection exige le plus de précision : une seconde manquante à la cuisson empêchera sa cristallisation, mais une seconde de trop sur le feu résultera en un amas granuleux. Voilà pourquoi, au fil des ans, la recette originale, griffonnée sur une feuille de papier quadrillé, avait été rectifiée, améliorée et abondamment annotée, jusqu'à devenir un plan savant et complexe qui permettait d'atteindre à tout coup la perfection. Ce n'est que lorsque le sucre à la crème avait atteint sa consistance idéale qu'il pouvait être étalé dans un plat et découpé en carrés, qui seraient disposés, au moment de servir, dans un compotier en opaline.

Voilà de quoi Gisèle régala Oscar durant les deux mois que durèrent leurs fréquentations. Lors de leurs conversations à cœur ouvert, il se garda bien de lui parler trop en détail de sa famille et du culte étrange qu'on y pratiquait – mentionnant seulement, en passant, qu'on n'y vénérait rien tant que l'argent. Et pour prouver qu'il différait de son clan, il choisit pour sa fiancée, en gage d'amour et de reconnaissance, la plus belle bague à diamants de sa collection – un brillant de trente points épaulé de deux baguettes, sur monture cathédrale en filigrane d'or gris – et l'épousa sans dot ni trousseau.

Les nouveaux mariés installèrent leur ménage dans le logement situé juste au-dessus de la bijouterie. Le parfait bonheur qu'ils filaient fut toutefois vite assombri, parce que les affaires n'allaient pas bien. Avec la crise, les usines du quartier ne fonctionnaient plus qu'au ralenti et la plupart des ouvriers avaient été mis à pied. Les familles, qui avaient tout juste de quoi se nourrir, n'avaient certainement pas les moyens d'offrir des montres aux anniversaires ni même de croix en argent à leurs premiers communiants. Oscar eut l'idée de proposer des examens de la vue gratuits pour attirer les clients et, de fait, ceux-ci étaient maintenant plus nombreux à entrer dans la bijouterie; mais ils ne faisaient le tour de la boutique que par désœuvrement, et quand ils repartaient les mains vides, la caisse l'était tout autant.

Un jour, un monsieur proprement mis entra dans la boutique d'une démarche altière. C'était Louis-Dollard, qui, sur les ordres d'Estelle, venait écornifler tout ce qu'il pourrait glaner. Devant tant d'or et d'argenterie si ostentatoirement étalés, il eut la certitude que son frère avait perdu la boule et ne fut pas surpris quand celui-ci lui avoua que les affaires allaient de mal en pis. Oscar, qui plus est, aurait bientôt une autre bouche à nourrir, car Gisèle attendait un enfant avant le Nouvel An.

«Laisse-moi t'aider, dit Louis-Dollard en sortant son portefeuille avec magnanimité. Combien demandes-tu pour cette pendule sous une cloche de verre?»

Son œil avait été attiré par le cadran, où l'on pouvait lire, en lettres dorées : *Time is money.*

«Quarante dollars, répondit son frère.

— Pourquoi coûte-t-elle si cher?

— C'est une pendule anniversaire : on ne la remonte qu'une fois l'an.

— Vraiment ? Quelle extraordinaire économie d'énergie et de temps ! Si tu me fais un prix de famille, disons dix dollars, je la prends. »

Ce marchandage offensa Gisèle, qui y vit, à juste titre, une façon odieuse d'abuser de leur situation précaire. Avant qu'Oscar ne soit tenté d'y céder, elle l'entraîna dans l'arrière-boutique.

« Cette pendule a été fabriquée en Forêt-Noire ! lui fit-elle remarquer. Il est hors de question de la vendre en dessous de sa juste valeur. »

Son mari, cependant, argua qu'ils avaient un urgent besoin d'argent et qu'il serait téméraire de cracher sur dix dollars comptants.

Pour la première fois depuis leur rencontre, Oscar et Gisèle étaient en désaccord, et ce n'est qu'au terme d'une longue discussion qu'ils réussirent à s'entendre sur une réduction de cinquante pour cent. Quand ils revinrent dans la boutique pour annoncer leur décision, Louis-Dollard avait déguerpi – emportant la pendule avec lui. À sa place, sur le comptoir, ils trouvèrent un maigre billet de cinq dollars.

Non seulement ce vol éhonté enfoncerait le clou dans le cercueil d'une honnête carrière de commerçant, mais il consommerait une trahison fraternelle dont Oscar ne se remettrait jamais.

༒

Avec l'arrivée de l'hiver, les créditeurs, qui s'étaient jusque-là montrés patients, devinrent plus nerveux et commencèrent à réclamer leur dû avec force harcèle-ment, menaces et intimidation. Pour les rembourser, Oscar n'eut d'autre choix que de fermer boutique et il mit en gage toute sa marchandise chez un prêteur juif du boulevard Saint-Laurent. Il sortit de l'échoppe poussiéreuse avec de l'argent plein les poches, mais dans un tel état d'abattement qu'il laissa les bourrasques guider ses pas et se retrouva en plein cœur du Quartier chinois sans trop savoir comment il était arrivé là.

Frigorifié, il entra se réchauffer dans un de ces restaurants enfumés où les clients se réunissent autour de grandes tables rondes pour mâcher des pattes de poules et en recracher les os sur la sciure couvrant les planchers. Il était le seul Blanc dans l'établissement et fut attentivement observé. Comme le serveur parlait uniquement chinois, Oscar désigna du doigt quelques plats sur le menu, et on lui apporta un bol de soupe aux vermicelles qu'il prit pour des nids d'hirondelles, des languettes de viande indéterminée baignant dans une sauce noire, du riz cuit à la vapeur ainsi que des légumes d'un vert lustré qu'il eut grand-peine à attraper avec les baguettes d'ivoire faisant office d'ustensiles. Il se rendit compte qu'il était à court de cigarettes en buvant son thé. Hélant le serveur, il mima les gestes du fumeur. L'autre prit un air entendu et indiqua d'un doigt discret une ouverture au fond de la salle.

Oscar n'était pas naïf. Il savait bien ce qui se cachait derrière le rideau de perles. Pourquoi, ce jour-là, ne détrompa-t-il pas le serveur et se dirigea-t-il avec détermination vers l'étroit escalier qui menait à la cave ? Pourquoi s'abaissa-t-il au niveau de tous ces opiomanes, hommes et femmes, qui abandonnaient leur conscience sur le seuil de la fumerie et sombraient dans l'oubli durant quelques heures ? Pour engourdir le désespoir, sans doute. Mais aussi pour endormir ce sentiment d'échec qui, avec la voix de son père, l'avilissait sans pitié quand il se comparait à son frère aîné, et contre lequel même le rempart pourtant infrangible de l'amour conjugal n'offrait aucune protection.

Avançant à tâtons dans la cave obscure, il se laissa choir sur le premier matelas venu et se remit entièrement entre les mains de la vieille Chinoise qui préparait les pipes en chantonnant des paroles incompréhensibles. Pour un peu, il se serait blotti contre son sein, encore plus fané que la soie bleue de la veste qu'elle portait. Il se contenta de coller les lèvres sur l'embout de la lourde pipe, en veillant à tenir le fourneau au-dessus de la lampe, et d'aspirer les filets de fumée encore brûlante par petites bouffées. Il glissa sans résister dans le moelleux duvet de l'opium, et c'est cette sensation de défaillance, plus que l'éblouissement des sens, qu'il chercha à retrouver dès que l'effet se fut dissipé.

వ

Il ne restait plus à Oscar qu'une seule façon d'assurer la subsistance de sa famille : réintégrer l'Enclave et expier sa faillite en mettant sa sueur et son labeur au service de son frère. Il en repoussait cependant le moment, attendant d'être réduit à la dernière extrémité pour affronter la pire des humiliations. Il s'absentait maintenant du foyer durant de longues journées et, quand il rentrait le soir, il était léthargique et distrait. Aux repas, il mangeait à peine, et sa figure amaigrie était triste à voir. Jamais il ne disait où il était allé et, aux questions pressantes de son épouse, il répondait simplement qu'il s'était promené.

Tout laissait croire qu'il puisait dans l'argent du ménage, car la réserve, qui était gardée dans les compartiments d'une boîte à monnaie en métal noir laqué de motifs rouge et or, diminuait beaucoup plus vite que Gisèle ne dépensait. Elle qui avait toujours eu une confiance aveugle en son mari se mit du jour au lendemain à faire ses poches, la méfiance en éveil. Si elle ne trouva pas d'argent, elle tomba en revanche sur un étui rigide, de forme oblongue, mais trop étroit pour y ranger des lunettes. À l'intérieur reposait, nichée sur un lit de velours émeraude, une seringue en verre gradué avec, au bout, une aiguille hypodermique.

Gisèle, trop stupéfaite par cette découverte pour affronter son mari, n'en dormit pas de la nuit. Or, son inquiétude atteignit son paroxysme le lendemain quand frappèrent à sa porte deux Orientaux vêtus de chapeaux à bords trop larges, de redingotes trop longues et de pantalons trop grands contre lesquels battait une chaîne de montre pendant jusqu'aux genoux. Sur leur visage était peint le sourire faux de ceux qui dissimulent un poignard derrière leur dos. Instinctivement, Gisèle croisa les bras devant son ventre bombé et fit comprendre aux Chinois d'un hochement de tête que son mari était absent. Ils lui tendirent un sachet fermé par une cordelette solidement nouée et lui demandèrent, dans un anglais approximatif, de le remettre à Oscar.

Quand Gisèle referma la porte, une peur sournoise s'infiltra dans les chambres de son cœur, où elle s'était, jusqu'alors, sentie en sécurité. Elle frissonna en pensant que le sachet était juste assez grand pour contenir un doigt ou une oreille coupés. Mais lorsqu'elle l'ouvrit, elle n'y trouva que de la poudre blanche.

« Au moins, se dit-elle, le mystère de la seringue est résolu. »

À son retour, Oscar commença par nier qu'il connaissait les Chinois, puis finit par vider son sac. D'un trait, il avoua qu'il avait contracté l'habitude de se piquer à la morphine. La drogue le tenait désormais d'une poigne tyrannique et elle avait de plus miné sa santé, car il s'était mis récemment à cracher une abondance de sang. Il avait consulté un médecin, qui avait confirmé sa pire crainte : il était atteint d'une forme très virulente de tuberculose, et celle-ci était incurable.

À l'annonce de la mort imminente de celui qu'elle chérissait plus que tout au monde, Gisèle sentit sa vie s'effondrer. Elle trouva néanmoins la force de n'en rien laisser paraître, pour ne pas l'accabler davantage. Les jours d'Oscar étaient comptés et il lui en restait si peu... Comment aurait-elle pu lui en vouloir de tenter par tous les moyens d'alléger ses souffrances et d'oublier qu'il devrait bientôt quitter ce monde, laissant derrière lui une femme et un orphelin sans recours ? Elle lui rendit le sachet de morphine en disant :

« Va préparer ton injection. Tu n'as plus besoin d'avoir honte ni de te cacher, à présent. »

❧

Oscar fut bientôt trop faible pour se lever. Il avait perdu tout appétit et n'avalait plus qu'une miette de sucre à la crème de temps à autre. Il passait ses journées dans un tel état de stupeur qu'il réagit à peine quand Gisèle, au terme d'un long accouchement, lui présenta leur fils. La jeune mère n'avait plus personne sur qui compter. En désespoir de cause, elle écrivit une longue lettre à son beau-père pour lui annoncer la naissance du petit Philippe et l'informa de l'état de santé d'Oscar, lui enjoignant d'accourir sans délai s'il voulait le revoir une dernière fois. Elle ne pouvait croire qu'il resterait sourd à son appel et elle espérait de sa venue, sinon un réconfort moral, du moins une certaine aide financière. Mais les jours passaient et elle l'attendait en vain.

À sa déconvenue, c'est Estelle qui se présenta chez elle un beau matin. Elle l'invita néanmoins à entrer. La belle-sœur daigna retirer ses caoutchoucs, mais garda son manteau et une étole en fourrure grise qu'elle avait elle-même confectionnée avec la peau des souris assez imprudentes pour tomber dans ses pièges; outre qu'il faisait très froid dans le logement, elle ne tenait pas à y rester plus longtemps qu'il ne fallait. Elle apportait une lettre du patriarche Delorme, qui ne pouvait plus se déplacer après avoir été victime d'une défaillance cardiaque à la banque.

« On l'a trouvé inanimé sur le sol de la salle des coffrets de sûreté, raconta-t-elle, et quand il a repris connaissance, il était paralysé d'un côté. Il a été ramené à la maison en ambulance et, depuis, il ne s'est pas relevé de son lit. »

Sans même demander des nouvelles du mourant, elle fit le tour du salon, tâta les tentures, nota les tapis feutrés.

« En vendant tout ça, tu devrais avoir amplement d'argent pour payer l'enterrement, dit-elle à Gisèle. N'espère surtout pas d'aide de la famille. Tu portes peut-être notre nom, mais tu ne seras jamais rien d'autre pour nous qu'une rapportée. »

Elle fit quelques pas vers le berceau, se pencha au-dessus du bébé endormi et approcha les mains de son visage, comme si elle allait l'étrangler.

« Voilà donc le nouvel héritier... Il n'a vraiment rien d'un Delorme : c'est ton portrait tout craché. »

Et elle ajouta, sur un ton qui n'admettait pas de réplique :

« Va porter la lettre à ton mari. Ne t'inquiète pas : je m'occuperai du petit. »

En de plus favorables circonstances, Gisèle l'aurait expulsée sur-le-champ et lui aurait ostensiblement claqué la porte au nez. Elle préféra passer l'éponge et parer au plus pressé.

Ce n'est certainement pas par bonté de cœur qu'Estelle s'était portée volontaire pour rendre visite à son beau-frère mourant. Elle espérait rafler quelque autre pendule anniversaire faisant le pendant à celle que Louis-Dollard avait eue à si bon prix, ou encore une pièce d'orfèvrerie ayant échappé à la faillite de la bijouterie. Aussi abandonna-t-elle le berceau dès que Gisèle eut disparu dans la chambre d'Oscar et se mit-elle à fouiner dans le logement. Si de pendule elle ne trouva point, elle tomba en revanche sur quelque chose de presque aussi attrayant sur la table de la cuisine : un compotier en opaline rempli de petites bouchées à l'odeur divine.

Les pièces de cinq sous qu'Estelle suçait tous les après-midi en guise de collation étaient loin d'avoir assouvi son goût pour les sucreries. Elle rêvait encore de crème glacée et ne laissait passer aucune occasion de tremper son pain dans la mélasse ou le sirop de maïs et de mâcher longuement la cire d'un gâteau de miel. Aucune de ces friandises, cependant, ne l'avait préparée au sucre à la crème de Gisèle. Dès qu'elle en eut déposé un carré sur sa langue, elle fut secouée d'un choc si violent qu'elle dut s'asseoir et se mit malgré elle à gémir de plaisir. Les yeux roulant au fond des orbites, elle s'enfourna d'autres carrés dans le gosier sans prendre le temps de les déguster, et avec tant d'avidité qu'elle finit par vider le plat en entier.

N'en restait-il vraiment plus ? se demanda-t-elle en promenant son regard sur la cuisine, que Gisèle n'avait pas eu le temps de ranger. Le grand chaudron traînait encore sur la cuisinière, avec sa cuiller en bois. Sur le comptoir, entre le pot de crème vide et le flacon de vanille, il y avait une feuille de papier quadrillé, jaunie et tachée, couverte d'écritures alambiquées, qui semblèrent à Estelle d'un hermétisme alchimique. Quelques mots déchiffrés au hasard, cependant, lui suffirent à comprendre qu'elle tenait entre les mains la précieuse recette du sucre à la crème.

Elle ressentit sur le coup une bilieuse bouffée d'envie à l'idée du bonheur que cette recette avait procuré au fil des années, et un accès de jalousie à la seule pensée que d'autres qu'elle puissent en profiter. Avec la même animosité qu'elle mettait à arracher la dernière page des livres à la bibliothèque pour gâcher le plaisir des autres lecteurs, sa première impulsion fut de déchirer la recette. Mais, en y pensant bien, elle décida qu'il serait plus avisé de la conserver. Elle plia la feuille en quatre, la glissa dans la poche de son étole de souris et décampa du logement sans faire de bruit.

ॐ

La lettre que Prosper avait écrite, d'une main tremblotante, à son fils Oscar commençait ainsi :

Plus que huit semaines avant la fête de la Reine, ce qui veut dire que ceux qui ne seront pas en règle envers les commandements de Sa Majesté ajouteront un péché mortel de plus à leur conscience. Je suis inquiet de toi, mon pauvre enfant. Je ne peux pas croire que tu vas finir damné comme les réprouvés. Repens-toi avant qu'il ne soit trop tard. Il ne faut pas se faire d'illusions : tu es bien malade et la mort te guette. Prie avec ardeur et ne te fais pas de souci pour ton héritier : par mon testament, ta part lui reviendra naturellement.

Malgré son extrême faiblesse, Oscar fut vivement remué par ces paroles réconfortantes.

«J'ai été un mauvais pourvoyeur, dit-il à Gisèle entre deux râles, et je meurs coupable de te laisser dans la misère. Mais ne t'inquiète surtout pas pour l'avenir de notre fils : mon père y veillera. Entre-temps, sache que tu peux compter sur ma famille si tu es dans le besoin.»

Gisèle, qui pleurait toutes les larmes de son corps, n'osa pas le contredire et le laissa dormir en paix, sachant qu'il ne se réveillerait plus jamais.

∂

Estelle se chargea d'annoncer à Prosper le décès de son fils cadet, en prenant soin de déplorer, avec force insistance, qu'il fût mort non seulement indigent, mais athée, apostat et renégat. Elle aurait tout aussi bien pu enfoncer un poignard dans le cœur du vieil homme. Du jour au lendemain, celui-ci perdit tout appétit pour les affaires et cessa même de calculer quotidiennement l'intérêt que lui rapportait son compte d'épargne. Sentant sa fin approcher, il fit venir Louis-Dollard à son chevet.

«Je m'en retourne, dit-il, et mon seul regret est de ne pouvoir emporter la Pièce Mère avec moi. Veille sur elle comme sur la poule aux œufs d'or et, quoi qu'il advienne, arrange-toi pour qu'elle reste dans la famille.»

Louis-Dollard n'eut aucune peine à prêter serment, mais dut user de force pour arracher la Pièce Mère des mains de son père. C'est alors seulement que le patriarche laissa sa tête retomber sur l'oreiller, la mort dans l'âme.

«Appelle maintenant tes sœurs et allez tous prier pour moi dans la chapelle familiale.»

Estelle, qui était restée sur le pas de la porte avec le petit Vincent, ne suivit pas les autres à la cave. Elle se glissa dans la chambre de son beau-père et se mit à la recherche du testament. L'ameublement étant monacal, elle n'eut aucune peine à le trouver coincé derrière le portrait du roi George VI.

Le document, rédigé par un certain Robert Comtois, notaire, avait été signé par Prosper le 31 janvier 1915 et n'avait pas été révisé depuis. Après s'être déclaré sain de corps et d'esprit, de mémoire, de jugement et d'entendement, le testateur dictait ses dispositions comme suit :

1. Je recommande mon âme à Sa Majesté et j'espère que les entrées de son Grand Livre confirmeront ma place au nombre de ses élus.

2. Afin qu'aucune dépense ne soit engagée pour mon enterrement, que mon corps soit inhumé dans la fosse commune du cimetière des pauvres.

3. N'ayant jamais emprunté et mourant sans dette, je mets en garde mes héritiers contre tout soi-disant créditeur qui viendrait demander son dû après mon décès.

4. Je donne et lègue, à parts égales, tous mes biens, meubles et immeubles à Louis-Dollard et Oscar Delorme, mes fils légitimes, afin qu'ils les préservent et les fassent fructifier.

5. Je veux qu'en cas de mort de l'un, sa part aille à ses héritiers légitimes ou, s'ils sont encore mineurs, qu'elle soit placée en fidéicommis auprès de leur tuteur légal jusqu'à leur majorité.

C'était bien ce qu'Estelle craignait : la moitié de la fortune tomberait entre les mains de Philippe, qui, pour autant qu'on sût, avait hérité du désastreux sens des affaires d'Oscar et serait élevé par une mère n'ayant aucun sens de l'économie. Par bonheur, il n'était pas trop tard pour corriger la situation, pourvu qu'elle agisse sans délai, et préférablement de son propre chef. Elle trempa donc la plume dans l'encrier et, sans hésitation, écrivit au bas du document le mot « codicille », qu'elle souligna deux fois avant de poursuivre :

> Le présent codicille révoque l'article 5 de mon testament et aura préséance sur celui-ci, parce qu'il contient parfaitement mes dernières volontés et ordonnances. Comme mon fils Oscar est décédé et que son fils Philippe est encore mineur, j'institue pour mon légataire universel mon fils Louis-Dollard, à qui je lègue tous mes biens afin qu'il en use, jouisse et dispose dans son intérêt.

Elle s'approcha ensuite du lit de Prosper et, profitant de son abattement, lui fit signer le document. Trop faible pour former les lettres de son nom, le patriarche ne put que tracer une croix. Il ne restait plus qu'à faire contresigner le codicille par deux témoins désintéressés. Ceux-là, Estelle n'eut pas à chercher bien loin pour les recruter : elle héla deux quidams qui passaient dans la rue, lesquels, contre menue compensation, authentifièrent le paraphe du moribond.

Pour se donner bonne conscience, le lendemain elle fit parvenir à son neveu Philippe une boîte de vieux vêtements devenus trop petits pour Vincent, accompagnée d'une lettre où elle conseillait à sa belle-sœur, dans les termes les plus clairs, d'être reconnaissante de cette générosité et de ne rien attendre du testament.

La boîte lui fut renvoyée par retour du courrier, sans aucun mot de remerciement.

Comme tous les premiers du mois, les Delorme sont sur le qui-vive, car c'est le jour béni où les locataires viennent acquitter leur loyer. Jusqu'à ce soir, ma sonnette tintera au rythme d'un tiroir-caisse et ma porte s'ouvrira toute grande sur la vue réconfortante de multiples mains tendant humblement leur dû. D'habitude, je ne ressens cette fébrilité que dans mon hall d'entrée, derrière le guichet où Louis-Dollard signe les reçus. Or, ce matin, l'épicentre des activités s'est transporté dans la salle à manger. C'est là qu'Estelle, les épaules drapées de son étole en fourrure de souris, prépare son plan pour la journée.

Dès que Penny Sterling arrivera, Louis-Dollard l'introduira dans le salon et l'invitera à prendre place dans un des fauteuils en cuir. Sur la table d'appoint aura été disposé le service à thé en porcelaine (celui qu'un oncle missionnaire a jadis rapporté de Chine et qui n'a jamais servi) et, au centre, l'assiette bleue peinte à la main. Voilà. Le piège est tendu, il ne reste plus qu'à y mettre l'appât.

Depuis que Blastula lui a rapporté le carré de sucre à la crème, Estelle n'a cessé de le flairer, et même de le lécher, juste assez pour juger de sa piètre qualité – et pour regretter le plaisir intense qu'elle avait ressenti, il y a vingt-trois ans, en goûtant celui de Gisèle. Plus elle examine l'empreinte très nette qu'y ont laissée les dents de Penny, plus elle se félicite d'avoir été prévoyante et d'avoir conservé la recette volée, qui repose encore dans la poche de son étole de souris. Il faudra cependant acheter de la crème et du sucre d'érable, et ces denrées coûtent cher. Heureusement, il doit rester encore soixante-quinze dollars dans la petite caisse.

En entrant dans le bureau, elle surprend Louis-Dollard en train de faire avancer des trombones sur le buvard avec des claquements de langue imitant le galop des chevaux. Quand elle lui demande de l'argent pour les courses, il répond distraitement :

« Les courses attelées ou le steeple-chase ? »

Estelle tape du pied et le rappelle à l'ordre :

« Ouvre immédiatement le coffret de la petite caisse. »

Il lâche ses trombones, sort du tiroir un coffre de pêche en métal vert tout cabossé et le dépose sur le buvard.

« J'aime autant te prévenir que la caisse est vide, dit-il avant de le déverrouiller.

— Je ne comprends pas. Où sont passés les soixante-quinze dollars ?

— Ne t'énerve pas, je t'en prie, je vais tout t'expliquer. »

Sur le plancher, le pied d'Estelle se remet à taper de plus belle, ce qui incite Louis-Dollard à déballer son sac au complet.

« J'ai emprunté l'argent et je l'ai misé à l'hippodrome. Je comptais remettre la somme le jour même et investir le reste de mes gains dans de futurs paris. Je ne pouvais pas prévoir que... »

Estelle ne le laisse pas finir. Elle entre dans une de ses colères froides qui présagent le pire orage.

« Tu as perdu nos soixante-quinze dollars sur un cheval ? » murmure-t-elle entre ses dents.

Louis-Dollard recule son fauteuil pivotant et fixe le bout de ses bottines noires d'un air penaud.

« Je n'en suis pas fier. J'en ai même honte...

— Tu as abusé de ma confiance en détournant les fonds de la petite caisse. Et tu as violé le huitième commandement, lequel prescrit clairement : *Tu ne joueras point.*

— J'ai confessé ma faute à Sa Majesté avec la plus sincère contrition et je suis prêt à jurer, sur un exemplaire de *La Richesse des nations,* de ne plus jamais recommencer.

— Tu n'as pas commis une simple faute, Louis-Dollard : tu es en état de péché mortel et, par conséquent, tu n'as plus droit au titre de chef de famille. Emporte tes pénates et quitte cette maison. »

Mon vénéré fondateur est ébranlé par la sévérité de sa sentence :

« Mais enfin, Estelle, j'en suis à ma première offense. Cela constitue certainement une circonstance atténuante... J'implore ta magnanimité et ta clémence.

— Je suis prête à t'accorder une remise de peine, à une condition. En voici les termes : tu pourras rentrer au bercail quand tu m'auras rendu au centuple ce que tu m'as volé. C'est à prendre ou à laisser.

— Et où veux-tu que j'aille entre-temps ?

— Estime-toi heureux que je te laisse t'installer dans le garage. Allez, ouste, hors de ma vue ! »

Le pauvre homme n'a jamais été aussi humilié de toute sa vie. À le voir sortir de chez moi le baluchon sur l'épaule et la queue entre les jambes, j'ai presque pitié de lui.

≈

Après les défections de Morula et de Louis-Dollard, il est clair qu'Estelle ne peut compter que sur elle-même. Cependant, l'urgence de la situation – soit l'arrivée imminente de Penny Sterling – contraint notre matrone à s'adjoindre de l'aide. Elle réquisitionne Blastula pour officier au guichet des dépôts. À Gastrula, elle confie la lourde responsabilité de préparer le sucre à la crème.

«Tu n'as qu'à suivre les instructions à la lettre», dit-elle en lui remettant la recette volée.

Gastrula prend un moment pour examiner la liste des ingrédients.

«De la crème! s'étonne-t-elle. Je n'en ai certainement pas en réserve. Il ne reste pas non plus de vanille dans les flacons que tu as confisqués : Morula y a vu.

— Trouve des substituts à ce qui te manque. Tu te débrouilles si bien avec ce que tu as sous la main...»

Le parfum sucré qui émane du papier jauni provoque chez Gastrula une grimace qui lui révulse les yeux et hérisse tous les nerfs de son cou décharné. Notre cuisinière, il faut dire, a le malheur de souffrir d'une hypersensibilité du nerf olfactif qui la rend sujette aux nausées. Lors de ses promenades hygiéniques, elle fait de la marche rapide pour fuir la pestilence des saletés canines, les émanations délétères des pots d'échappement, la fumée du tabac. Or, rien n'offense davantage son nez que l'odeur de la nourriture. Chaque visite à l'épicerie est pour elle une épreuve proche de la torture, car l'air empestant l'oignon, le chou, le poisson, la viande crue et le vieux fromage évoque dans son esprit des images soit de dépotoirs, soit d'orgies romaines. À table, elle se sert des portions d'enfant, picore les aliments du bout de ses lèvres pincées avec un manque total d'appétence et repousse son assiette encore à moitié pleine. C'est ce qui explique son extrême maigreur – et son mépris pour les gens qui font de l'embonpoint, pour leur complaisance éhontée et leur bruyante joie de vivre.

Comment, dans ces conditions, arrive-t-elle à préparer les repas de la famille ? C'est simple : tout ce qu'elle cuisine est fade et sans goût. Elle ne connaît pas l'usage du sel, elle cuit à l'eau et à feu doux. Elle privilégie les légumes-racines, qui poussent à l'ombre et sentent la terre, les fruits pauvres en sucre, le bœuf bouilli et sans saveur, le lait écrémé et le pain de mie, les biscuits secs, le blanc-manger et le pouding au riz. Vous ne trouverez, dans mon garde-manger, aucun de ces petits pots à épices joliment décorés ni de ces bouquets garnis que l'on fait sécher la tête en bas. Si bien que je dois me contenter, pour exciter mes papilles, de humer le fumet aromatique du poulet rôti ou des steaks grillés que la brise m'apporte des maisons voisines, à l'heure du souper.

Certaine que la préparation du sucre à la crème provoquera chez elle des haut-le-cœur incommodants et désagréables, Gastrula ouvre toutes grandes les fenêtres avant de jeter pêle-mêle dans un chaudron un bloc de cassonade durcie et une demi-pinte de lait, qu'elle remue d'aussi loin que possible, en tenant la cuiller en bois au bout de son bras tendu, telle une sorcière préparant une potion. Sur le feu, le mélange fait de gros bouillons et prend tant d'expansion qu'il risque à tout moment de déborder du chaudron, puis il se calme et commence son lent processus de réduction. C'est au terme de cette étape cruciale que Gastrula devrait ajouter la cuillerée de vanille; comme elle n'a pas d'autre condiment sous la main, elle verse à tout hasard une rasade de sauce Worcestershire éventée. Sans se préoccuper davantage des recommandations que Gisèle avait inscrites en marge de la recette, elle bat ensuite le sucre avec tant de vigueur qu'il se cristallise trop vite et se fige en une masse dure et friable. Munie d'une équerre, elle essaie de tailler des carrés réguliers, mais ne réussit qu'à extraire des morceaux cassés, qu'elle empile sans soin dans l'assiette. Gastrula se sent étourdie, soudain. Elle a beau se boucher le nez, elle ne peut s'empêcher de sentir les corps volatils et douceâtres que l'évaporation du sucre à la crème a dispersés dans l'air maintenant vicié de la cuisine. Avant de tourner de l'œil pour de bon, elle se dépêche d'apporter l'assiette au salon, où Estelle attend sa visiteuse avec une fébrilité tangible. Elle en profite pour lui rendre sa damnée recette.

«Tiens, dit-elle en s'essuyant compulsivement les mains sur son tablier. J'ai fait mon devoir, mais j'ai failli y laisser mon estomac, et tu ne m'y reprendras pas de sitôt.

— Peu importe, répond Estelle, qui doit se maîtriser pour ne pas piocher dans le plat. Avec cela, notre riche parti ne manquera pas de tomber dans le panneau.»

∾

«Voilà donc à quoi ressemble une fortune de trente mille dollars, pense Estelle en dévisageant Penny: une créature plus frêle qu'un roseau.»

Il est vrai que, dans sa robe de faille turquoise, notre jeune locataire a l'air un peu éthérée au milieu de mon décor austère. Ses cheveux châtains, fraîchement lavés à en juger par leur extrême brillance, sont attachés haut derrière la tête et retombent souplement sur sa nuque délicate ainsi que sur le fermoir de son collier de perles à trois rangs. Elle porte aussi une broche en faux corail et des chaussures en cuir verni de couleur assortie. Estelle se l'était imaginée plus corpulente, mais elle n'est pas déçue, voyant dans cette sveltesse de sylphide un signe de docilité et de malléabilité. Le cou tendu comme un vautour, elle l'invite à venir s'asseoir près d'elle.

«J'étais sur le point de servir le thé, lui dit-elle. Vous en prendrez bien une tasse avec moi?

— Je me contenterais d'un peu d'eau chaude, si ce n'est trop vous demander. À vrai dire, je ne trouve rien de plus rafraîchissant.»

Estelle opine du bonnet.

«C'est ce que je préfère aussi, dit-elle en remplissant les tasses. Et puis ces sachets sont un vrai gaspillage, n'est-ce pas?

— Pas si vous vous en servez aussi pour polir les miroirs, répond Penny avec vivacité. Ensuite, vous récupérez les feuilles et vous les ajoutez à la purée d'épinards, pour l'allonger.»

Estelle, qui n'avait jamais pensé à cela, en reste bouche bée.

«Faites-vous la même chose avec le marc de café?

— Non, je l'utilise pour récurer.

— Et avec les pépins de pommes?

— J'en rembourre les oreillers.

— Et les pelures de bananes?

— J'avoue, à ma grande déception, ne leur avoir trouvé qu'un seul usage: je m'en sers pour polir les chaussures. Et voyez le résultat!»

Estelle est fortement impressionnée – et pas seulement par l'effet miroir sur le cuir corail. Elle complimente sa visiteuse :

« De nos jours, les jeunes gens font rarement preuve d'un tel sens de l'économie.

— J'ai été élevée avec peu, répond Penny entre deux gorgées d'eau chaude. Je connais la valeur de l'argent, et l'importance de le ménager. Je m'accorde, bien sûr, quelques petites dépenses, de temps à autre. Rien d'extravagant.

— Comme cette robe, par exemple ?

— C'est une copie de celle que portait la reine Élisabeth à l'inauguration de la voie maritime du Saint-Laurent », explique Penny en rougissant.

Estelle se réjouit de reconnaître chez la jeune femme la même fibre monarchiste que celle qui l'anime.

« Pour ma part, je trouve que Sa Majesté n'est jamais aussi belle que sur les billets de banque, dit-elle. Mon fils aussi est de cet avis. »

Quelle fable est-elle en train de raconter là ? Vincent a en horreur la royauté, qu'il considère comme aussi corrompue et dégénérée que la papauté.

« N'ai-je pas entendu dire qu'il était fiancé et allait bientôt se marier ? demande Penny en laissant ses yeux dériver vers la pendule sur le manteau de la cheminée.

— Une fausse rumeur, comme tant d'autres sur son compte, proteste Estelle. Mon Vincent fait l'envie de tous, vous comprenez. Quelle fille de l'Enclave ne rêve pas de mettre le grappin dessus ? En vérité, il n'a pas encore trouvé chaussure à son pied, si vous me passez cette expression un peu imagée.

— Et que fait-il dans la vie, ce bon parti ?

— Il se prépare pour le jour où il remplacera mon mari à la tête de notre petit empire. En attendant, il s'imagine inventeur. »

Penny réprime un bâillement et demande poliment :

« Qu'a-t-il inventé ?

— Divers petits objets usuels. Quand il rentrera du camp scout, je lui demanderai de vous les montrer. Vous avez beaucoup en commun, tous les deux. Lui aussi est un as du tennis. »

Je préfère laisser passer cette grossière exagération, et le silence retombe dans le salon.

Voyant Penny déposer sa tasse et regarder à nouveau la pendule, Estelle cherche à la retenir en lui présentant l'assiette de sucre à la crème.

« C'est une vieille recette de famille, dit-elle, que nous réservons aux grandes occasions. Je vous en prie, goûtez-y. »

Cette fois, la curiosité de Penny est piquée. Elle accepte un morceau bien volontiers, et Estelle l'accompagne, soulignant qu'elle-même n'en a pas mangé depuis au moins vingt-trois ans.

Je ne saurais dire ce qui frappe notre invitée en premier : la texture granuleuse du sucre trop cuit, dont les cristaux coupants lui râpent la langue, ou bien son arrière-goût inidentifiable. Un moment, j'ai l'impression qu'elle va recracher sa bouchée, mais, les larmes aux yeux, elle se force à l'avaler tout rond. Estelle, pour sa part, ne se gêne aucunement pour déclarer la chose « pas mangeable ».

« Je suis terriblement désappointée, dit-elle. Dans mon souvenir, le sucre à la crème était une friandise divine.

« — Moi, je le trouve délicieux – et je m'y connais. Serait-il effronté de ma part de vous demander la recette ? »

Estelle, qui a le sentiment d'avoir été flouée par Gisèle, est trop heureuse d'extirper la page jaunie de son étole de souris et de la donner à sa visiteuse.

« Elle est à vous ! répond-elle avec dépit. De toute façon, je ne compte pas m'y réessayer de sitôt. »

Penny accepte l'offrande en retenant son souffle. Elle déplie la feuille quadrillée – très délicatement, parce que le papier desséché craque entre ses mains. Ses doigts tremblants effleurent l'écriture de Gisèle avec une vénération habituellement réservée aux reliques. Enfin, elle laisse son regard ému revenir au manteau de la cheminée.

« Est-il déjà trois heures ? dit-elle avec un léger sursaut.

— Ne vous fiez pas à cette pendule, elle est arrêtée.

— Qu'est-il écrit sur le cadran ?

— *Time is money.*

— Un sage principe, que je ferais bien de suivre, dit Penny en se levant. Vous avez été si généreuse envers moi que je m'en voudrais de prendre une autre de vos précieuses minutes. Merci de m'avoir accueillie si gentiment. »

Estelle va la reconduire à la porte et lui fait promettre de revenir sous peu. Elle est si charmée par cette rencontre qu'elle ne remarque même pas que Penny est partie sans acquitter son loyer.

II

ÉTAGE

La voix stentorienne d'Estelle s'est enfin tue, le bruit des portes qui claquent aussi. L'heure de la sieste est arrivée, et même Louis-Dollard, dans son garage, s'est assoupi sur la banquette arrière de la voiture. Bercée par la pluie qui tambourine avec insistance sur mon toit, je suis sur le point de plonger dans une douce torpeur quand j'aperçois, au bout de la rue, une silhouette solitaire qui court à travers l'ondée. Mon cœur exulte de joie : c'est Vincent qui arrive du camp scout. Il était temps qu'il rentre au bercail, celui-là.

Il pousse la porte et dépose son havresac tout trempé sur le sol du vestibule; la gamelle qui y est accrochée fait un bruit de ferraille en heurtant mes carreaux vernissés. Il a tellement changé en l'espace d'un été que j'ai failli ne pas le reconnaître. Sa barbe de trois jours tranche sur sa peau bronzée. Ses jambes, couvertes de piqûres de moustiques, sont presque athlétiques. Sa démarche dégingandée est devenue assurée. Il a, surtout, une nouvelle étincelle dans les yeux. Il porte une veste de daim frangée et, sur la tête, un chapeau à la Davy Crockett. J'espère qu'il ne songe pas à se présenter à sa mère ainsi : elle en aurait une crise d'apoplexie.

Il marque un temps d'arrêt pour retrouver mon odeur familière et, à l'aune de sa quiète aisance, je prends la pleine mesure du lien inaliénable qui nous conjoint tous deux depuis l'enfance. Il fait le tour du rez-de-chaussée et, comme il ne rencontre personne, il grimpe quatre à quatre l'escalier. Sa main qui glisse sur l'échine de ma rampe me donne un léger frisson, et je suis bien forcée d'avouer qu'il m'a manqué. Je lui en ai beaucoup voulu, en juin dernier, de m'avoir abandonnée à mon triste sort pour aller courir les bois, mais maintenant qu'il est revenu, tout est pardonné. D'ailleurs, ai-je le choix? Il est le seul espoir de salut dans cette maisonnée.

Il traverse le palier et s'avance jusqu'à la chambre d'Estelle, où il entre avec détermination après avoir toqué sèchement à la porte. Les stores vénitiens ont heureusement été baissés et la lampe de chevet reste éteinte, ce qui m'épargne le triste spectacle du décor délabré : l'abat-jour craquelé, le miroir piqué de taches noires, les draps jaunis, les chintz défraîchis et le rectangle décoloré sur le mur à l'endroit où était accrochée, il y a quelques semaines encore, la photo de Louis-Dollard. Dans la pénombre, Vincent ne voit d'abord qu'une masse informe affalée sur le lit, puis le mouvement subreptice d'un bras qui escamote une assiette et la fait disparaître sous les oreillers. Il s'approche à tâtons et va déposer un baiser sur le front que sa mère lui tend en gémissant.

«Sens-tu comme mon visage est brûlant? demande-t-elle après avoir avalé en douce le morceau de sucre à la crème qu'elle avait dans le bec. Je grelotte de fièvre. J'ai les paupières lourdes et les membres endoloris, je n'ai pas d'appétit, je ne dors plus de la nuit... Comment vais-je survivre à cette trahison, dis-moi? J'ai bien peur que je n'en réchapperai pas.

— Que s'est-il passé ici?

— Une catastrophe : ton père a perdu soixante-quinze dollars aux courses !

— Voyons, ce n'est pas une raison pour te mettre dans tous tes états.

— N'oublie pas que cet argent, je l'ai économisé un sou à la fois. Durant vingt-six ans, je me suis contentée de pain noir et de cous de poulet, j'ai ramassé les poches de sucre pour coudre des taies d'oreiller, j'ai récupéré les citrouilles d'Halloween pour en faire des confitures, je me suis usé les yeux à raccommoder les chaussettes trouées de ton père, j'ai même coupé mes cheveux pour lui tisser un faux toupet. J'ai serré les cordons de la bourse à m'en couper les doigts, et qu'est-ce que j'ai demandé en retour ? Pas même un manteau neuf ! Quand j'ai voulu une étole de fourrure, je l'ai confectionnée de mes mains, avec les peaux de souris que j'avais attrapées moi-même. Et lui, en guise de remerciement, il me trompe avec une jument ! J'aurais préféré être saignée à blanc plutôt que de voir le fruit de mes privations finir dans la poussière d'un hippodrome. Le traître ! L'ingrat ! Qu'on ne prononce plus jamais son nom devant moi !

— Où est-il à présent ?

— En quarantaine dans le garage. Pour qu'il ne nous expose pas à sa contagion. Je lui ai aussi retiré son titre de chef de famille, car si nous laissons notre fortune entre les mains de ce joueur invétéré, c'est la ruine assurée !

— Qui gérera l'immeuble dorénavant ?

— Je tiendrai les livres et toi, tu veilleras à l'entretien. Tu en profiteras pour renipper aussi ta propre personne, car le temps est venu de te marier.

— Pourquoi tant de précipitation ?

— Tu as vingt-quatre ans, ce qui fait quasiment de toi un vieux garçon.

— Il n'y a pas péril en la demeure... »

Estelle se redresse dans son lit en s'appuyant sur ses oreillers.

«Mon fils, je crois que tu ne saisis pas la gravité de la situation. La gangrène de la prodigalité a infecté cette famille et elle menace de corrompre toutes les pommes de notre panier. Même moi, je suis susceptible d'y succomber. Si nous ne prenons pas immédiatement des mesures draconiennes, c'est à la rue qu'on se retrouvera. Or, il n'y a qu'un seul moyen de purifier notre maison, et c'est par une infusion de sang neuf à la lignée. Notre prospérité mérite bien un petit sacrifice de ta part... »

Je n'ai pas besoin de voir le visage de Vincent s'assombrir pour sentir son impatience grandir.

«Nous avons déjà eu cette discussion, dit-il, et je n'ai pas changé d'idée. Je n'ai aucune intention d'épouser Géraldine Knox. »

La main d'Estelle virevolte un moment dans les airs, comme si elle chassait des poussières.

«Géraldine, c'est de l'histoire ancienne. Une erreur de parcours. Un coup d'épée dans l'eau. De toute façon, ce pont-là est brûlé. Je t'ai trouvé une candidate disposant d'une fortune personnelle, pourvue d'une dot valant dans les cinq chiffres et d'une inépuisable source de revenus, en plus d'être une ménagère hors pair doublée d'une fine cuisinière. C'est notre nouvelle locataire et, par ses visites assidues, elle m'a apporté un réconfort bienveillant dans mon tourment.

— Est-elle jolie?

— Elle ne fait pas mal aux yeux.

— Alors elle ne doit pas manquer de prétendants. Pourquoi en voudrait-elle un de plus ?

— Je me suis déjà chargée de préparer le terrain, et elle a très hâte de te connaître. Si tu manœuvres habilement, il ne te restera plus qu'à demander sa main.

— Ne compte pas sur moi pour me plier à un de tes mariages arrangés.

— Pour l'instant, je ne te demande rien d'autre que de la rencontrer.

— Laisse-moi d'abord vider mon barda. »

Estelle bat en retraite, mais s'arrange quand même pour avoir le dernier mot :

« Va donc te nettoyer. Et fais-moi le plaisir de te débarrasser de ce chapeau ! »

∂

Sur le seuil de sa chambre, Vincent reste figé sur place. Il y a une inconnue assise à son bureau, une jeune fille gracile au port de tête altier, qu'il surprend en train de remuer ses papiers, de fouiller dans ses tiroirs.

« Qui êtes-vous ? bredouille-t-il. Et comment êtes-vous entrée dans cette maison ? »

Penny Sterling lui tend la main et se présente en le regardant droit dans les yeux, sans qu'aucune rougeur d'embarras colore ses joues.

« Je n'ai pas pris la peine de sonner, dit-elle, puisque la porte était grande ouverte. »

C'est moi, bien sûr, qui l'ai accueillie aujourd'hui. Hier aussi, et les nombreuses autres fois où elle a profité de l'heure de la sieste pour s'immiscer dans mes murs en tapinois et me passer, pièce par pièce, au peigne fin. Elle procède de façon méthodique, à la manière d'un archéologue qui fouille dans un périmètre déterminé par le quadrillage des lieux. Elle a failli omettre la chambre de Vincent tant celle-ci est petite – un réduit, au bout du corridor, qui fait également office de lingerie et d'armoire à balai. La fenêtre, minuscule et orientée vers le nord, laisse à peine passer le jour, et le seul éclairage électrique vient d'une ampoule nue au plafond. Ici, le parquet n'a jamais été verni et les murs sont encore au plâtre. Le matelas de bourre, posé sur un vieux sommier en treillis métallique, est tendu d'une couverture en laine du pays.

«Que faites-vous ici? demande Vincent, trop confus pour avoir la politesse de se découvrir.

— Je suis venue prendre des nouvelles de Mme Delorme et je lui ai apporté un peu de sucre à la crème. Elle est persuadée qu'il n'y a pas meilleur remède à son insomnie.»

Ce dernier mot provoque chez Vincent un léger sourire de dénigrement.

«Permettez-moi une certaine incrédulité: ma mère n'a jamais perdu une heure de sommeil de sa vie – c'est contre ses principes les plus fondamentaux.

— Vous êtes son fils? Mme Delorme n'arrête pas de vanter votre ingéniosité. J'espère que vous me pardonnerez mon intrusion: j'étais si curieuse de voir, de mes yeux, vos inventions!

— Vraiment? fait Vincent en fronçant un sourcil méfiant. Elles sont pourtant de très modeste envergure.»

Il pointe du doigt une étagère murale où sont alignés, à côté d'une tirelire, d'un thermomètre, d'un chronomètre, d'un ruban à mesurer et d'une balance, une série d'objets hétéroclites aux fonctions indéfinies.

«Mes prototypes, annonce-t-il d'une voix un peu gênée. Je les ai fabriqués à partir de matériaux trouvés dans les rebuts.»

Penny se lève sans hâte, les mains croisées derrière le dos. Elle regarde l'étagère en inclinant la tête sur le côté, comme si elle étudiait un tableau. Elle semble perplexe, aussi Vincent se sent-il obligé de lui expliquer l'utilité de chacune des inventions:

«Vous voyez ces deux bobines actionnées par une clef de boîte à sardines? Elles forment un tordeur miniature qui permet de presser un tube de dentifrice en un tournemain et de le vider jusqu'au bout. La grosse pince à emboîture, elle, redresse les clous tordus que l'on souhaite réutiliser, tandis que le fer à souder modifié répare les chandelles cassées, les lacets brisés et même les élastiques rompus. Juste à côté, il y a une cartouche munie d'un tampon; elle est remplie d'un mélange d'acétone, de térébenthine, de jus de citron et de borax qui efface, en toute illégalité, les oblitérations des timbres-poste usagés.»

Il montre également à Penny une collection de fume-cigarettes en bakélite dont le tuyau est fixé à un écrou.

«On n'a qu'à visser les bouts de crayons dedans pour les rallonger, explique-t-il. On peut ainsi écrire sans gaspiller de mines et sans être saisi d'une crampe aux phalanges.

— Et le petit seau avec une manivelle sur le couvercle? demande Penny en avisant l'objet abandonné dans un coin.

— Oh, ça... Ce n'est pas ma plus grande réussite: une centrifugeuse conçue pour extraire tout le contenu des boîtes de conserve ou des pots de confiture.

L'appareil est efficace, mais le processus est beaucoup trop salissant. J'essaie plutôt de trouver un moyen de rendre les parois intérieures des récipients parfaitement antiadhésives. J'estime qu'on pourrait ainsi éviter le gaspillage d'un million de tonnes de nourriture par an – de quoi nourrir gratuitement bien des pauvres de la planète.»

C'est Vincent que Penny regarde maintenant avec perplexité et en inclinant la tête – comme s'il était un coffre-fort imperçable.

«Vous n'avez jamais pensé à faire breveter vos inventions? demande-t-elle. Vous pourriez amasser un coquet magot...

— Ce sont des vétilles, répond-il avec une moue de dérision, destinées à rassurer ma mère sur la saine gestion de mes loisirs. Si elle connaissait mes projets véritables, elle ne les approuverait certainement pas.

— Vous avez des secrets?

— Comme tout être humain, j'en ai d'innombrables.

— M'en direz-vous un, si je jure de ne pas en souffler mot à Mme Delorme?»

Elle fait un pas vers lui. Son air espiègle suggère une connivence tacite qui prend Vincent au dépourvu. Il est d'autant plus déstabilisé que, pour la première fois de son existence, il ne peut quantifier les émotions qui l'assaillent : son pouls, sa température interne, sa pression sanguine, le rythme de sa respiration lui semblent trop élevés pour être mesurés. Certains prendraient sûrement ces réactions physiologiques pour des germes d'inclination ou de passion. Moi, cependant, qui connais Vincent comme si je l'avais tricoté, j'y vois la résurgence d'une très ancienne espérance qu'il avait abandonnée après avoir attendu en vain sa réalisation. Se pourrait-il qu'après vingt-quatre ans de solitude, notre héritier ait enfin trouvé une confidente à qui se livrer et révéler ce qu'il n'a jamais pu partager avec personne ?

Il enlève son chapeau de fourrure et le jette sur le lit, glisse sa main dans ses cheveux avant de laisser échapper un aveu :

« Je n'ai pas passé l'été au camp scout. »

Le sourire de Penny s'efface pendant qu'elle retient son souffle.

« Qu'avez-vous fait ?

— J'ai voyagé. »

Le petit cachottier... Je ne m'attendais pas du tout à un tel acte d'insubordination. Sous le coup de la surprise, quelques bardeaux se soulèvent de ma toiture et partent au vent. Par les joints éventrés, les interstices et les fissures, la pluie s'infiltre dans le plafond de la chambre aussi vite qu'elle traverserait une passoire.

« Vous avez une fuite, fait remarquer Penny après avoir reçu une goutte d'eau sur la tête. Voilà qui tombe à propos : il est justement l'heure que je me sauve. »

Alors, avant même que Vincent ne puisse réagir, elle se dresse sur la pointe des pieds, lui vole un baiser et disparaît.

෨

Vincent vacille encore quand Gastrula et Blastula font irruption dans sa chambre, telles deux corneilles à l'affût d'une charogne à picorer.

« Depuis quand reçois-tu des filles chez toi ? croasse la première. Inutile de le nier : Penny Sterling sort d'ici à l'instant, nous l'avons vue.

— C'est de la plus haute malséance, renchérit la seconde. À ton âge, tu devrais savoir ça.»

Vincent soupire et lève les yeux au ciel.

«Dans ce cas, je ne vous retiens pas. Retournez à vos occupations, mêlez-vous de ce qui vous regarde et laissez-moi tranquille.

— Minute, mon garçon, dit Blastula en sortant sa loupe. Tu n'as pas encore passé l'inspection. Où sont tes bagages?

— Je t'interdis d'y toucher.

— Et qui va s'assurer que tu n'as pas ramené quelque vermine du fond des bois? dit Gastrula. J'espère que tu ne comptes pas sur Morula pour laver ton linge.

— Je peux me débrouiller tout seul, ne t'inquiète pas. D'ailleurs où est-elle, la troisième Furie?»

Il n'a pas sitôt émis sa question qu'un roulement sourd se fait entendre dans le corridor – le martèlement d'un poing contre une porte, suivi d'un cri étouffé:

«Par pitié, Vincent, délivre-moi!»

Vincent s'avance vers la chambre de Morula, voit le cadenas d'acier qui entrave la porte.

«Tu ne peux rien pour elle, dit Blastula derrière lui. Elle a été condamnée à la réclusion et devra purger sa peine jusqu'à la fin de l'été.»

De son cachot, la prisonnière recommence à s'époumoner.

«Il faudrait que tu insonorises la pièce, dit Gastrula à son neveu, sinon les voisins vont finir par se poser des questions.

— Même en colmatant toutes les ouvertures, il sera impossible d'assurer une parfaite étanchéité acoustique, répond-il. Les ondes sonores sont transmises non seulement par l'air, mais aussi par les vibrations.

— Alors trouve le moyen d'étouffer le bruit à sa source – sans étrangler Morula, de préférence. En te forçant un peu les méninges, tu trouveras bien une solution. »

Vincent regagne sa chambre et va s'asseoir à son bureau. Il ouvre son agenda et entreprend de dresser la liste des choses à faire par ordre de priorité :

Défaire mes bagages.

Réparer le toit.

Libérer Morula.

Puis, rassemblant son courage, il écrit en lettres majuscules, tout en haut de la page :

REVOIR PENNY STERLING.

Je suis pas mal certaine que, dans toute l'histoire de l'humanité, le nombre d'enfants ayant grandi dans une banque doit se compter sur les doigts d'un pied. Bien que je n'aie pas reçu de charte à proprement parler, il est indéniable que mon architecture évoque le conservatisme, l'austérité et, surtout, l'inviolabilité des grands temples de la finance : on ne pourrait imaginer environnement plus inhospitalier pour un petit garçon – et moins propice à son développement.

Pourtant, d'aussi loin que je me souvienne, Vincent ne m'en a jamais tenu rigueur ; il m'a considérée d'emblée comme son refuge, il s'est senti chez lui entre mes murs, et nos âmes se sont accordées au diapason de la même sympathie. Après tout, sa constitution physique n'est-elle pas en relation d'équivalence avec l'ossature de ma charpente, les artères de mon système de chauffage, les boyaux digestifs de ma plomberie, les voies respiratoires de mes fenêtres, les nerfs de mon câblage électrique ? Et puis, ne portons-nous pas, tous deux, l'odieux de la même faute originelle – celle d'avoir spolié de son héritage un pauvre orphelin ?

Car c'est l'argent destiné à Philippe qui servit à financer mon érection. De la maison de ferme ancestrale, seule la chapelle familiale fut conservée; on la transforma en chambre forte, assise indispensable de la banque dont Louis-Dollard avait toujours rêvé. Mes fondations furent coulées autour de l'ancien caveau et le mécanisme de sa porte blindée fut caché dans l'épaisseur de ma charpente, ce qui souda à jamais les souvenirs de notre mémoire commune.

∂∾

À la chapelle initiale, Louis-Dollard apporta une importante modification. L'idée lui était venue d'un certain Honoré Bienvenu, lithographe à la retraite, à qui il avait loué un confortable cinq-pièces donnant sur le parc. L'homme avait travaillé toute sa vie pour la société British American Bank Note, laquelle imprimait des timbres-poste, des certificats d'obligation ainsi que les billets de quelque soixante institutions financières, dont la Banque Jacques-Cartier, la Banque du peuple et la Banque Ville-Marie. Il avait payé son premier loyer en argent comptant, et Louis-Dollard, conformément à son habitude, avait lissé les billets sur le buvard de son bureau et sorti sa loupe pour les examiner.

« Pardonnez-moi ces petites précautions, avait-il dit, mais on m'a déjà refilé une fausse pièce, et chat échaudé craint l'eau froide... »

L'autre avait déclaré sans ambages que ce n'était pas avec une loupe qu'on identifiait les contrefaçons :

« Les faussaires sont aujourd'hui si habiles que même un lithographe chevronné peut avoir du mal à détecter des irrégularités dans le tracé des gravures ou le filigrane du papier. Croyez-en mon expérience, monsieur Delorme : seule l'encre des billets ne peut être imitée.

— Il s'agit sans doute d'encre indélébile ?

— Cette encre-là est plus qu'indélébile, voyons ! Elle résiste autant aux acides qu'aux bases. Vous n'avez qu'à tremper un billet dans du vinaigre puis dans une solution de bicarbonate de soude, et s'il est véritable, il ne sera pas du tout altéré. »

Louis-Dollard avait pointé sa loupe vers son interlocuteur et répliqué :

« Je me rappelle très bien avoir appris au collège que seul l'or possède cette propriété.

— Vous avez dû faire votre cours classique, alors. Au cours scientifique, on vous aurait enseigné les prodigieux composés produits par l'industrie chimique. »

Un de ces composés, avait-il poursuivi, était l'oxyde de chrome calciné. Un professeur de l'Université Laval, Thomas Sterry Hunt, l'avait découvert en 1857, lorsqu'il travaillait au Service géologique canadien. Il avait réussi à en faire une encre verte à toute épreuve, dont il avait vendu la recette à la Réserve fédérale américaine pour trois fois rien.

« L'encre qu'utilise aujourd'hui notre banque fédérale en est une version améliorée, brevetée et connue sous le nom de *Canada green tint*. Et c'est l'oxyde de chrome calciné qui donne aux billets leur odeur inimitable. »

Louis-Dollard s'était aussitôt mis à renifler les coupures que M. Bienvenu lui avait remises, sans même réprimer son avidité.

« Je ne saurais trop vous remercier d'avoir partagé avec moi vos trucs du métier, avait-il dit en rédigeant le reçu du loyer. J'ai toujours peur que l'on contrefasse ma signature, et cette encre à l'oxyde de chrome calciné me serait fort utile pour protéger mes documents. Savez-vous où je pourrais m'en procurer?

— La *Canada green tint* n'est pas commercialisée, mais il est possible d'en fabriquer à partir de pigments achetés chez le marchand de couleurs. Il suffit de laisser macérer un mélange de noix de galle et de gomme arabique dans du thé pendant toute une nuit, puis d'ajouter à la décoction filtrée une pincée d'oxyde de chrome préalablement chauffé. Je vous dis cela à titre confidentiel, bien entendu. Imaginez un peu si cette information tombait entre les mauvaises mains!»

Louis-Dollard avait assuré à M. Bienvenu qu'il pouvait compter sur sa discrétion absolue et, le lendemain, il commençait à expérimenter diverses formules. L'encre qu'il avait fini par concocter n'était pas au point: elle laissait en séchant des sédiments qui bloquaient les plumes, en plus de les corroder. À défaut de l'utiliser pour écrire, il en badigeonna les murs de la chapelle paternelle, qui acquit ainsi son surnom de «chambre verte».

Quant à la Pièce Mère héritée de Prosper, Louis-Dollard l'enchâssa dans une brique en glaise, qu'il fit cuire à même le feu de la chaudière. Elle deviendrait la pierre angulaire sur laquelle il fonderait son institution financière.

❧

Le même souci de sûreté fut apporté à mes portes, tiroirs, armoires et garde-robes, lesquels furent munis de serrures par nulle autre qu'Estelle.

L'avantage de ces soixante-sept serrures, c'est qu'aux premiers pas de Vincent, j'étais déjà à l'épreuve de ces malheureux et innombrables accidents pouvant survenir à un enfant. Notre héritier n'aurait jamais pu échapper à ma surveillance et, par exemple, se sauver ou se défenestrer, pas plus qu'il n'aurait eu l'occasion de jouer avec des allumettes, de s'ébouillanter ou d'avaler de la chaux. Si mes divers dispositifs de sécurité ne l'ont nullement empêché de tomber, ce ne fut jamais, du moins, du haut des escaliers. En fait, j'ai beau me creuser le grenier, je ne peux me rappeler aucun moment où il fut exposé à quelque danger que ce soit.

Il ne faut pas s'étonner que Vincent ait appris à compter bien avant de savoir parler. Le premier mot qu'Estelle lui avait enseigné était «un» et le second, «deux». À partir de là, il ne s'était plus arrêté. Il avait commencé par dénombrer ses yeux, ses mains, ses doigts, puis il était passé aux barreaux de son lit, aux marches de l'escalier, aux carreaux sur les murs de la salle de bains, aux lattes des stores vénitiens, aux clefs du trousseau de sa mère. Les adjectifs numéraux avaient acquis à ses yeux valeur de pronoms et tenaient aisément lieu de noms, de verbes et d'adverbes pour rendre compte de la taille, de la vitesse, de la luminosité des choses, dont la quantité était la seule et unique qualité. Il était un, ses parents étaient deux, ses tantes étaient trois. Son prénom, une combinaison des chiffres vingt et cent, enchâssait son identité dans le langage mathématique. Pourquoi aurait-il eu besoin d'autres mots pour appréhender le monde ou exprimer ses besoins?

Il était inévitable, cependant, qu'il commençât un jour à parler, et cela arriva quand il eut atteint l'âge de trois ans. Avant qu'il ne se perde en babillages inutiles et ne se mette à poser trop de questions, Estelle entreprit de lui inculquer le principe fondamental de l'économie, celui auquel elle-même adhérait depuis sa plus tendre enfance : ménager sa salive. Elle lui alloua donc vingt mots par jour, quantité qu'il ne devait dépasser sous aucun prétexte.

«La parole est d'argent, mais le silence est d'or», lui dit-elle en guise d'illustration.

Une fois retranchées de ce nombre les expressions obligatoires, comme «s'il vous plaît» et «merci», il restait à l'enfant bien peu de latitude pour exprimer ses pensées et participer à la conversation. Afin d'éviter le bâillon, il apprit rapidement à être concis et d'une absolue précision, à user d'expédients et de raccourcis – enrichissant remarquablement son vocabulaire par la même occasion. Il finit ainsi par élaborer un langage ponctué de gestes et de grimaces, où un adjectif tenait lieu de commentaire, un adverbe, de point de vue, et une conjonction, d'explication.

Il montra la même faculté d'adaptation quand sa mère lui enseigna à ménager ses yeux afin d'épargner plus tard à ses pauvres parents des frais de lunettes, ou quand il dut lui présenter un plan de ses activités quotidiennes avec un itinéraire de ses moindres déplacements, histoire qu'il gagne du temps et évite tout essoufflement.

«Même si l'air est gratuit, répétait souvent Estelle, ce n'est pas une raison pour le gaspiller.»

Bravant les foudres maternelles, il osa un jour dépasser son quota de mots alloués et lui demanda :

«Je m'ennuie tout seul et j'aimerais beaucoup avoir un ami. Pourquoi n'ai-je pas le droit de jouer avec les autres enfants?

— Les amis, c'est un fardeau, dit-elle aussitôt. Ils s'attendent à être reçus pour la collation, et quand ils t'invitent à leur fête, il faut leur apporter un cadeau.»

Pour lui, il n'y avait donc de jeux que solitaires : parties de cache-cache entamées avec lui-même, durant lesquelles il restait à compter face au mur, ou chasses au trésor dont le but était de chiffrer l'innombrable : les brins d'herbe de la pelouse en été, les feuilles tombées du négondo à l'automne, les flocons de neige virevoltant dans le ciel d'hiver... Chaque fois qu'Estelle l'envoyait jouer dehors pour ne pas avoir à s'en occuper, Vincent s'adonnait à ces activités avec une ardeur fervente et sans cesse renouvelée, peut-être parce qu'il conservait ainsi l'illusion que, malgré toutes les preuves du contraire, il comptait dans le cœur de sa mère.

≈

À quatre ans, Vincent fut confié aux soins de ses tantes, qui, tour à tour, devaient parfaire son éducation.

Blastula lui inculqua les principes fondamentaux de l'hygiène, sans lesquels la santé ne saurait être préservée.

« Songe aux honoraires de médecins et de dentistes, aux frais d'hôpitaux et de pharmacie que tu t'épargneras au cours de ta vie si tu acquiers dès maintenant de saines habitudes. »

Au bout d'une semaine sous sa gouverne, Vincent maîtrisait à la perfection la technique du récurage des mains à la brosse et il était en mesure de l'appliquer au reste de son corps – y compris le derrière des oreilles et le prépuce. Il apprit à faire son lit au carré, à ranger sa chambre, à passer le balai.

Dès qu'il sut s'habiller et plier ses vêtements correctement, il s'entraîna à aller jouer dehors sans se salir, en évitant de fouiller la terre, de se rouler dans l'herbe, de toucher aux chenilles et aux insectes. Blastula le passait à l'inspection dès qu'il rentrait, à l'affût d'une tache de pissenlit ou de gazon sur son pantalon. Après avoir reçu une leçon sur les microbes, ces bestioles invisibles à l'œil nu qui colonisent les poignées de porte, il prit l'habitude de ne toucher à rien, d'éternuer dans son mouchoir et de garder une distance respectable avec les gens.

Il ne connaissait pas encore les règlements de la maison, et c'est à Gastrula que revint la tâche de les lui enseigner – pas une mince affaire, puisqu'il y en avait trois cent soixante-cinq, soit un pour chaque jour de l'année, et que Vincent devait les apprendre par cœur.

Les premiers articles visaient à réduire la consommation d'eau, de mazout et d'électricité. Il était absolument défendu, par exemple, de prendre un bain dans plus d'un pouce d'eau, de laisser une lampe allumée dans une pièce vide et de «chauffer le Canada» en ouvrant les fenêtres en plein hiver. Suivait une série de recommandations relatives aux allocations hebdomadaires de produits de nettoyage et d'hygiène personnelle – savon à vaisselle, cirage à chaussures, papier de toilette (un quart de carré par miction).

Gastrula épiait son neveu comme un faucon, ne le laissant jamais appuyer ses coudes sur la table (une habitude nuisible à la vie utile des chandails) et encore moins traîner les talons, exigeant qu'il marche au pas de l'oie, comme les soldats russes sur la place Rouge. Elle veillait à ce qu'il finisse la moindre miette qui restait dans son assiette, car l'enfant avait un appétit d'oiseau et se montrait souvent difficile. Un jour qu'il boudait les tranches de bœuf coriaces, grisâtres, filandreuses et parcourues de nerfs qui passaient à notre table pour du rosbif, elle eut recours à la menace:

« Quand on gaspille la nourriture, on finit par manger son pain noir. Termine ton assiette, sinon tu seras envoyé au pensionnat de Trois-Pistoles, où l'on ne sert que des patates bleues. »

Dès que sa tante eut le dos tourné, il se dépêcha de glisser subrepticement les morceaux de viande entre les tubes poussiéreux du radiateur en fonte qui se trouvait derrière sa chaise. Il croyait s'en être tiré à bon compte, quand Gastrula l'arrêta au moment où il sortait de table :

« Pas si vite, mon garçon. Ramasse d'abord ta viande par terre et mange-la devant mes yeux. »

De toutes les humiliations qu'il avait eu à subir au cours de sa jeune existence, celle-là comptait certainement parmi les plus mortifiantes. Aussi Vincent fut-il grandement soulagé quand, le lendemain, on le remit entre les mains de sa tante Morula.

Celle-ci avait été désignée pour initier notre héritier aux réalités du vaste monde – dans les limites, bien sûr, de la clôture entourant l'Enclave. En guise de programme pédagogique, elle avait organisé une tournée des points d'intérêt de notre bonne ville, dont le but, sous des dehors touristiques, était d'instiller au garçon une peur salutaire de tout ce qui était étranger, au cas où l'idée lui prendrait un jour de s'aventurer hors de mes murs.

« Il faut se méfier, lui dit-elle pour commencer la leçon. De tout le monde et de tout. »

Elle l'emmena d'abord au terrain de jeu du parc Connaught, où il resta à l'écart de la joyeuse petite bande d'enfants pour écouter sa tante exposer en détail les risques d'amputation, de strangulation, de paralysie et de traumatisme crânien liés à l'usage des balançoires, des glissoires, des tourniquets et des cages à grimper. Morula mentionna aussi la saleté des carrés de sable, que tous les chats du voisinage avaient sûrement adoptés comme litière, et l'insalubrité de la fontaine publique, véritable foyer de poliomyélite.

« Et je ne te parle même pas du danger que représentent tous ces grands ormes, dit-elle d'un ton sentencieux. Au moindre coup de vent, une branche te tombera sur la tête, et en cas d'orage, la foudre est susceptible de t'électrocuter. »

Comme l'enfant restait de glace devant ses menaces, elle le tira par la manche jusqu'à la gare, où elle le mit en garde contre le train de minuit, qui emportait les passagers ayant le malheur d'y monter jusque dans le Grand Nord, sans espoir de retour, ainsi que contre l'homme sauvage qui avait élu domicile dans le tunnel et se nourrissait de la chair fraîche des enfants. En route vers la caserne de pompiers, elle lui raconta que des rats géants vivaient dans les égouts et ne feraient qu'une bouchée de son pied s'il pataugeait dans les flaques d'eau du caniveau. À l'hôtel de ville, elle lui parla du soldat inconnu enterré sous le cénotaphe et qu'on pouvait entendre grommeler : « Ma jambe d'or ! » quand on s'en approchait.

« Même pas vrai ! » dit Vincent, l'oreille collée sur la pierre du monument.

En désespoir de cause, Morula l'entraîna aux confins de l'Enclave pour lui montrer une vieille maison abandonnée, que certains disaient hantée. Vincent regarda la masure d'un air perplexe et légèrement contrarié, avant de s'écrier :

« Elle n'est pas en thé, cette maison. Elle est en bois ! »

Découragée, Morula le ramena sous mon toit en le traînant par le bras et déclara à Estelle que l'enfant était irrécupérable.

« De toute façon, commenta Louis-Dollard, il est temps que mon fils sorte de vos jupons. »

Et il décréta que, dorénavant, il superviserait lui-même l'apprentissage du garçon.

಄

Offusqué de constater qu'à cinq ans Vincent ne sût pas encore «lire l'arabe», il entreprit de lui montrer à écrire ses chiffres. Il le fit entrer dans son bureau et alluma la lampe du secrétaire, dont l'éclairage insuffisant maintenait la pièce dans une obscurité étouffante. Il l'assit sur un tabouret et l'installa devant un cahier de comptabilité, le munit d'un crayon 6H (la mine la plus dure et la plus résistante à l'usure) et lui assigna comme tâche de copier le registre des loyers.

C'est durant cet exercice fastidieux que Vincent découvrit un fait fascinant. À l'instar du visage humain, les chiffres possédaient une physionomie où il était possible de lire une imposante gamme d'expressions : la surprise, la peur, la colère, le doute, le dégoût, la méchanceté, la tristesse... Leurs traits, droits ou arrondis, avaient en quelque sorte la même fonction que ceux du visage, suggérant des sourcils froncés, des yeux exorbités ou des lèvres souriantes. Se demandant s'il en était de même pour les lettres de l'alphabet, il tenta avec celles-ci une expérience similaire, mais au bout de trois heures, il n'avait toujours pas ressenti d'émotion particulière. Il y vit la confirmation que les chiffres, qui n'avaient pas besoin d'être combinés pour avoir une signification, avaient une individualité en tout point équivalente à celle des hommes. À défaut d'amis, il en fit ses confidents.

Qu'est-ce qu'un tel enfant aurait bien fait avec des jouets ? Quel plaisir aurait-il pu tirer d'actes aussi futiles que pousser de petites voitures sur un tapis, lancer une balle ou assembler des pièces de Meccano? Même un tricycle ou une voiturette l'auraient profondément ennuyé. Aussi, pour le féliciter de ses efforts, Louis-Dollard lui offrit-il un vieux ruban à mesurer. Ce jour-là, un nouveau monde s'ouvrit à Vincent, un monde où les choses avaient désormais une longueur, une largeur et une épaisseur – autant de données quantifiables qui ajoutaient à leur essence numérale. Pendant des mois, il établit les dimensions exactes de mes pièces et de mes meubles, au seizième de pouce près, et enregistra ces données dans son cahier de comptabilité. Il put ainsi surveiller la croissance de son corps et fut en mesure d'établir que la longueur du coude au poignet était égale à la longueur du pied, et que la vitesse de croissance des ongles était proportionnelle à la longueur des doigts ou des orteils.

À six ans, il connaissait tout son environnement sur le bout de son ruban. Il était prêt pour la prochaine étape de son développement et, à son anniversaire, reçut de son père un thermomètre. Voilà qu'il avait maintenant accès à une dimension dont les variations étaient enregistrées par l'expansion de quelques gouttes de mercure. Est-ce que toute la matière subissait les mêmes contractions lorsque l'air se refroidissait? Son cerveau augmentait-il de volume quand il faisait de la fièvre? Il se mit aussitôt à calculer des moyennes et à illustrer ses tableaux par des graphiques en bâtons, en aires ou en courbes. Afin de compléter ses observations, il se fabriqua une balance à plateaux avec un cintre et deux couvercles de bocaux, et force lui fut de constater que le poids des choses n'avait aucune commune mesure avec leur volume. Il prit l'habitude de peser toutes les denrées qu'achetait Gastrula et réussit ainsi à prouver que l'épicier avait tenté de la flouer à plusieurs reprises. Les résultats concluants de cette investigation lui valurent la plus haute récompense, soit la montre dont son oncle Oscar avait autrefois remonté le mouvement. La satisfaction que Vincent en retira ne saurait se décrire. Qu'il me suffise de dire que, grâce à cet instrument de précision, il put enfin prendre en note, dans son cahier de comptabilité, l'horaire régulier des trains ainsi que ses modifications lors des jours fériés.

Estelle, cependant, ne voyait dans ces activités qu'enfantillages et, le jour où Vincent atteignit ses sept ans, elle décida que la récréation était terminée.

« Tu as maintenant l'âge de raison, dit-elle. Il est temps de t'envoyer à l'école et de te préparer à ta confirmation. »

Elle récupéra le ruban à mesurer, le thermomètre, la balance et la montre. Elle plaça les objets devant son fils et lui permit de n'en conserver qu'un seul.

« Les autres seront dorénavant enfermés à clef dans l'armoire, lui dit-elle. Assure-toi donc de faire le bon choix. »

Sans hésitation, Vincent opta pour la montre. Lorsque l'heure distante viendrait d'abandonner le domicile familial, il ne voulait surtout pas être en retard.

Vincent a commencé les travaux de réfection à l'aube, alors que j'étais encore à moitié endormie. Il a planté son échelle en plein dans les platebandes, il a grimpé sur le toit avec son marteau et, depuis, il me cogne dessus à un rythme soutenu. Ses coups n'étaient au début qu'une autre de ces nuisances empoisonnant la vie urbaine, mais ils sont devenus au fil des heures l'équivalent de l'implacable goutte d'eau du supplice chinois, décuplant leurs réverbérations à travers mes chevrons avec d'autant plus de force que je les anticipe et les appréhende. Je sais maintenant ce que doivent ressentir les enclumes – et je dois dire que j'éprouve envers elles une franche sympathie.

Je ne devrais pas me plaindre de cette délicate attention, cependant je ne me sens pas tenue d'en être reconnaissante outre mesure. Mes nouveaux bardeaux ne sont, après tout, que des emplâtres appliqués sur un corps criblé de blessures – le proverbial doigt dans le trou de la digue en perpétuelle menace de rupture. La ruine de mes ruines : voilà ce que je suis devenue à force de grossière négligence. Alors que, chaque printemps, un essaim d'ouvriers s'affairaient à rajeunir mes voisines, j'ai attendu en vain la venue d'un plombier ou d'un électricien. En vingt-cinq ans, mes murs défraîchis n'ont pas vu l'ombre d'un pinceau. Jamais je n'atteindrai l'âge vénérable des pyramides, lesquelles, ayant l'avantage d'avoir été érigées en plein désert, ne voient pas leurs fondations prendre l'eau comme un vieux rafiot. Un jour, sans doute, je m'écroulerai comme la maison Usher, ensevelissant sous mes décombres mes sinistres habitants et la montagne d'argent qui aurait pu me sauver.

Vincent n'est pas seul à être de bonne heure sur le piton. Estelle va et vient dans sa chambre, dévidant à pleins poumons une litanie de plaintes et de reproches à l'égard de Louis-Dollard, avec de grands gestes de tragédienne dont elle vérifie l'effet dramatique quand elle passe devant le miroir. Gastrula, dans la cuisine, lutte contre la nausée que lui inspire chaque matin la préparation du déjeuner, avec ses odeurs de pain grillé au troisième degré et les obscènes soupirs de femme en chaleur émis par le percolateur. Blastula s'active à ramasser les papiers gras sur le terrain, vêtue d'un sarrau immaculé et armée de ses précieux gants en caoutchouc jaune. Et voilà que Penny s'amène, portant sous son bras une boîte emballée dans un sac de papier kraft. Au moment où je m'apprête à la laisser entrer, elle est interceptée par Louis-Dollard, qui l'attendait avec impatience, embusqué derrière un arbuste, et qui l'accoste avec un air de chien battu.

Après vingt nuits passées sur la banquette de la voiture, mon vénéré fondateur n'est plus que l'ombre de lui-même. Il a les cheveux en broussaille et son pantalon semble avoir été taillé dans un plissé accordéon. Banni de la cuisine comme de la salle à manger, il est réduit à aller se nourrir au comptoir du miteux snack-bar Chez Deguire, où, périlleusement perché sur un tabouret pivotant, entouré d'une horde d'adolescents mal élevés qui font crier le juke-box à tue-tête, il avale en vitesse un sandwich aux sardines et une tranche de crème glacée napolitaine, et se sauve sans même avoir bu un café. Il s'ennuie de la soupe aux vermicelles de sa femme et des tasses de Postum qu'elle lui octroie. Il s'ennuie même de ses coups de pied sous les draps. Il s'ennuie, par-dessus tout, du confort de son vieux matelas.

«Si j'avais su dans quel pétrin je vous mettais, lui dit Penny, je ne vous aurais jamais refilé les tuyaux de mon ami.

— Oh, je ne vous reproche rien, bien au contraire. Jamais je n'oublierai la fièvre que j'ai ressentie en entrant dans l'hippodrome, en entendant le signal du départ, en voyant les chevaux franchir la ligne d'arrivée... J'en avais le dos tout mouillé. Mais je suis guéri, à présent, et j'espère que vous pourrez intercéder en ma faveur auprès d'Estelle et la convaincre que j'ai le cœur contrit. D'ailleurs, j'ai composé un billet doux à son intention et j'aimerais avoir, à ce sujet, votre opinion.»

Il lui tend un bout de papier chiffonné sur lequel Penny peut lire le piètre résultat de trois heures d'efforts :

Chère bien-aimée, charmante et tendre épouse,

Permets-moi de t'exprimer toute l'admiration et l'estime que j'ai pour ta belle et intelligente personne, et les amicaux sentiments que j'ai pour toi. Je t'assure que je vais continuer et même augmenter les prévenances que j'ai pour toi et faire tout mon possible pour que tu sois heureuse. Ce ne sera pas difficile, car tu as tant de qualités pour te faire aimer : beauté, bonté, joyeux tempérament. Je te souhaite bonheur parfait et santé excellente.

De ton époux qui te chérit et t'adore au centuple,

Louis-Dollard

Penny lui rend le billet en hochant la tête.

« Les belles paroles ne valent rien – fussent-elles portées au centuple. Ne croyez donc pas vous en tirer à si bon compte. Le pardon de votre femme, comme toute chose, a son prix – et elle l'a chiffré à sept mille cinq cents dollars, au cas où vous l'auriez oublié.

— C'est une somme exorbitante...

— Est-ce tellement au-dessus de vos moyens ? »

Louis-Dollard piétine un tantinet avant de répondre :

« À vrai dire, je suis loin d'être démuni : à l'insu de ma femme, j'ai accumulé une réserve privée dans une cachette que je me suis ménagée dans un coin indécelable de mon établi. Croyez-vous qu'elle acceptera un chèque personnel, ou exigera-t-elle du comptant ?

— La préférence de Mme Delorme pour les espèces est bien connue, cependant elle pourrait ainsi avoir l'impression d'être soudoyée. Je suis certaine qu'elle apprécierait davantage un petit cadeau en guise de réconciliation. Un manteau de fourrure, par exemple...

— Estelle possède déjà une belle étole. De plus, son retour d'âge lui donne des bouffées de chaleur. Quel besoin aurait-elle d'un manteau ?

— Ne cherchez pas en vain des faux-fuyants, vous ne faites qu'aggraver votre cas et desservir votre cause. Si vous souhaitez réintégrer votre chambre, il faudra payer d'une façon ou d'une autre. Et estimez-vous chanceux : comme nous sommes hors saison, vous aurez peut-être droit à une réduction. »

« Avez-vous apporté la vanille ? » chuchote Morula en voyant apparaître le visage souriant de Penny dans l'entrebâillement de la porte.

Après le départ de Louis-Dollard, notre jeune locataire a glissé sur mes parquets sans faire craquer les lattes et, en trois tours de passe-partout, elle est allée crocheter la serrure du cadenas qui condamnait la chambre de Morula.

« Donnez-moi votre verre, dit-elle, j'ai quelque chose de mieux. »

Elle sort du sac en papier kraft une bouteille à long col dont le cul a un enfoncement si profond qu'on y a logé, comme sous une cloche de verre, une figurine représentant une ballerine en tutu blanc et chaussons dorés. La bouteille est remplie d'une liqueur d'un jaune très pâle où flottent des paillettes d'or. Sur l'étiquette, on peut lire : *Lucas Bols Gold Liqueur, produce of Holland, 60 proof, alcohol 30%.* Le socle sur lequel repose la figurine cache une boîte à musique et, quand Penny en tourne la clef, la ballerine se met à danser au son de la *Valse des patineurs,* d'Émile Waldteufel, alors que tout autour d'elle virevoltent les paillettes d'or en suspension dans la liqueur.

Devant le charmant spectacle, Morula émet du fond de sa gorge des sons que je ne pourrais qualifier que de roucoulements ; leurs modulations passagères s'emballent tout à coup, s'amplifient et s'accélèrent à un rythme haletant. Jamais la pauvre femme n'a été en proie à un tel émerveillement. Quand la boîte à musique s'arrête et que la ballerine s'immobilise, elle est à bout de souffle et sans voix. Elle tend son verre à Penny, qui lui verse une bonne rasade de liqueur. Je sens aussitôt la puissante émanation d'alcool qui s'en dégage, avec ses notes de vanille Bourbon. Morula y trempe les lèvres, pousse maintenant de petits gloussements.

«Non, non, dit Penny. C'est du schnaps. Vous devez l'avaler d'un trait.»

L'autre lui obéit avec la docilité d'un patient, exposant sa gorge en renversant la tête vers l'arrière.

«Ça brûle! dit-elle aussitôt en battant sa coulpe. Mais je n'ai jamais rien bu d'aussi délicieux.

— Encore un peu?

— Oui, mais seulement une larme. Ou deux.

— Pourquoi ne gardez-vous pas la bouteille? J'en ai une autre en réserve...

— Vous êtes trop bonne, chère Penny. Quand je sortirai d'ici, j'irai réciter une neuvaine pour vous dans notre chapelle familiale.

— Les Delorme possèdent une chapelle?

— Bien sûr, elle est ici même, dans la cave. C'est mon père qui l'a décorée. Une chambre toute verte, au plafond constellé de pièces de monnaie.

— Oh! J'aimerais bien la visiter...

— Malheureusement, les étrangers n'y sont pas admis.

— Ne pourriez-vous faire une exception dans mon cas?

— Moi-même, je n'ai pas le droit d'y entrer seule.

— Pourquoi tant de précautions pour une simple chapelle?»

Enhardie par le schnaps, Morula se laisse aller aux confidences:

«À la mort de mon père, la chapelle a quelque peu changé de vocation. Elle sert maintenant aussi de chambre forte. Ne le répétez à personne, mais c'est là qu'est entreposée notre fortune!»

Penny tourne sept fois la langue dans sa bouche avant de réagir à cette révélation extraordinaire.

«N'avez-vous pas peur des voleurs?

— Aucun danger! La porte est blindée.

— Mais une serrure est si facilement crochetée...

— Il n'y a pas de serrure à cette porte-là. Elle est protégée par un système de fermeture à toute épreuve, dont seuls Estelle et Louis-Dollard connaissent la combinaison.

— Et vous? N'êtes-vous pas dans le secret des dieux?

— Blastula, Gastrula et moi sommes les parentes pauvres de cette famille. Ma damnée belle-sœur ne nous laissera jamais l'oublier...»

Sur mon toit, les coups de marteau s'espacent, puis cessent tout à fait. Morula dodeline de la tête, prête à s'endormir. Penny en profite pour s'éloigner sur la pointe des pieds. Midi approche et elle a d'autres chats à fouetter.

৯

Elle atteint le bas de l'échelle juste comme l'angélus sonne au clocher de l'église et aperçoit Vincent perché tout en haut, qui hésite à descendre.

«Avez-vous le vertige? lui demande-t-elle.

— Pas du tout. Il y a un chat qui rôde dans les platebandes et j'ai essayé de l'effrayer, mais il refuse de bouger.

— Ce gros minet roux?

— Auriez-vous l'obligeance de l'éloigner gentiment? Je ne tiens pas à lui faire du mal en lui lançant mon marteau. »

Penny n'a qu'à battre deux fois des bras pour chasser le matou, qui déguerpit aussitôt comme une flèche et va se réfugier de l'autre côté de la rue.

« Vous ne devez pas me trouver bien courageux, dit Vincent dès que ses pieds touchent le sol.

— La peur des animaux est naturelle. Il ne faut pas en avoir honte.

— La mienne m'a été inculquée dès mon plus jeune âge. Celle des chats, surtout, est liée à une expérience malheureuse que je préfère passer sous silence.

— J'espère qu'un jour vous me la raconterez.

— N'y comptez pas trop. Certains secrets de famille ont avantage à rester enterrés.

— Vous semblez porter un lourd fardeau sur vos épaules.

— N'est-ce pas le lot de tout héritier? Je dois rentrer dans le giron de l'entreprise familiale et me préparer à succéder à mon père...

— Personne n'est prisonnier de son destin. »

Vincent regarde Penny en clignant des yeux, comme s'il était ébloui. Il a les joues en feu et, pendant un moment, il me rappelle l'enfant qu'il a été – celui qui n'avait pas encore appris à tempérer son enthousiasme et à refréner ses ardeurs. Son visage, cependant, se referme aussi vite qu'il s'est ouvert et son front se rembrunit.

«N'allez pas répéter cela à ma mère! Elle est déjà persuadée que je serai la ruine des Delorme. Elle croit dur comme fer à la malédiction des fortunes bourgeoises, selon laquelle la première génération amasse le capital, la deuxième le fait fructifier, et la troisième se hâte de dilapider le patrimoine.

— Avez-vous l'intention de consumer tout votre héritage?

— L'argent est une servitude à laquelle je préférerais échapper.

— Il faudra d'abord vous libérer de vos secrets.

— Même les plus honteux?

— Je le crains.»

Cette fois, rien ne retient le sourire de Vincent.

«Si jamais je me confie un jour, ce ne sera à personne d'autre que vous.»

Ils sont bien adorables, tous les deux, mais il serait temps qu'ils cessent ces vouvoiements ridicules.

Il était minuit quand Morula, Gastrula et Blastula sont entrées en trombe dans la chambre du petit Vincent, allumant la violente lumière du plafonnier pour l'arracher sans pitié à son paisible sommeil. Après lui avoir intimé l'ordre de ne pas prononcer un mot, elles lui ont bandé les yeux et l'ont fait descendre au sous-sol. En file indienne, ils ont traversé la cuisine et la buanderie, guidés par le grondement sourd et menaçant de la chaudière.

C'est au contact du ciment froid sous ses pieds nus que l'enfant comprit qu'ils venaient de franchir le seuil de la soute à charbon, dont on lui avait toujours interdit d'approcher sous les plus graves menaces. Trop terrifié pour reculer, il essayait d'entrevoir, à travers l'interstice du bandeau, ce qui l'attendait. Or, il n'arrivait à discerner qu'une porte étroite faite d'un seul panneau d'acier trempé, sans gonds ni poignée, noircie par de longues coulées de suie. Il allait formuler une question quand le silence, soudain, fut transpercé par un grincement aigu. La porte, sous l'impulsion d'une force inconnue, venait de basculer, laissant émaner au milieu des particules de charbon le plus capiteux parfum qui soit : celui des billets de banque fraîchement imprimés. Vincent fut alors poussé sans ménagement dans l'embrasure et, dès qu'il eut fait trois pas, on lui arracha son bandeau.

Il vit d'abord, à la lueur des flambeaux, le portrait en pied du roi George VI. Il remarqua ensuite la coupole de l'ancien caveau, avec sa mosaïque de pièces de monnaie en cuivre patiné, ainsi que les murs peints de ce vert si familier aux numismates – et, de toutes les couleurs, la plus douce à l'œil, parce qu'elle est la complémentaire exacte du rouge sang. Il s'attarda enfin à la pyramide s'élevant au centre de la pièce, d'autant plus impressionnante qu'elle était faite de liasses de billets verts, proprement empilés et reliés par des élastiques de facteur. L'enfant évalua à l'œil qu'il devait y avoir au bas mot deux cent mille dollars entreposés dans cette chambre forte. Combien d'années et, surtout, combien de privations avait-il donc fallu pour les amasser?

Perdu dans ses calculs, Vincent oublia, pendant un moment, les dangers qui le menaçaient. Mais son sentiment d'angoisse reprit le dessus quand il vit entrer son père et sa mère. Tous deux avaient revêtu de longues aubes dont la teinte glauque se reflétait sur leur peau, ce qui donnait à Estelle un air encore plus reptilien que de coutume. S'approchant de son fils, elle le força à s'allonger sur le sol, face contre terre, devant le portrait du roi George VI, en lui disant:

«Prosterne-toi devant Sa Majesté.»

Solennel comme un pape, Louis-Dollard alla se placer derrière la pyramide. Il portait une brique en terre cuite, qu'il éleva comme une hostie au-dessus de sa tête avant de prendre la parole:

«Nous sommes réunis cette nuit dans la chambre verte pour accueillir Vincent au sein de notre ordre. C'est une gloire pour la famille Delorme qu'une nouvelle vocation, mais c'est un grand devoir pour le novice qui s'y engage. Vincent, tu dois jurer de servir désormais la Pièce Mère, de défendre l'intégrité du Trésor familial et de contribuer à sa croissance tout au long de ta vie. En vertu de la dignité de ton sacrifice, tu acceptes de te soumettre corps et âme à l'autorité suprême du capital et tu renonces aux bénéfices de ses intérêts. Afin d'honorer tes vœux et de ne pas faillir à tes engagements, tu résisteras jour après jour à la tentation de dépenser, en n'ayant jamais en poche plus que tu n'en as besoin. »

Avec toute l'autorité que lui conférait son titre de célébrant, il ordonna à Vincent de se relever et de s'avancer vers lui.

«Maintenant, en guise de vœu, répète après moi la prière que je vais réciter :

Notre Dollar qui êtes précieux,

Que votre fonds soit crédité,

Que votre épargne arrive,

Que votre versement soit fait au Trésor comme aux livres.

Donnez-nous aujourd'hui notre intérêt quotidien,

Et pardonnez-nous nos dépenses

Comme nous profitons des sous qui nous sont avancés.

Ne nous laissez pas succomber à la spéculation,

Mais préservez notre capital.

Nanti soit-il.

Par cette brique sacrée qui renferme la Pièce Mère et sur laquelle est bâtie notre Église, je te bénis. Au nom du Dollar, de la Cenne et de la Sainte-Économie. »

Les trois tantes se pressèrent alors autour de Vincent, et Estelle, en qualité de cérémoniaire, tendit au célébrant un bocal contenant de la gomme de sapin, dont il enduisit les mains de l'enfant afin que «jamais l'argent ne lui file entre les doigts». Puis il lui remit un petit cochon rose en plastique translucide avec, sur le dessus, une fente, où il inséra une pièce de cuivre, une de nickel et une d'argent.

« Reçois cette tirelire, instrument nécessaire à ton sacerdoce, ainsi que ces trois pièces qui, tel un aimant, attireront toutes les autres. Désormais membre de l'Ordre de Sa Majesté et gardien de ses secrets, tu es tenu à la loi du silence. Si jamais tu révèles à quiconque le montant de notre fortune ou l'existence de la chambre verte, sache que tu seras traîné devant notre tribunal et encourras le plus grave châtiment. »

Il remit alors le bandeau sur les yeux de son fils pétrifié et les tantes le reconduisirent dans son lit.

Vincent passa le reste de la nuit les yeux grands ouverts dans le noir.

⌘

Quand Louis-Dollard avait fait part de son intention de donner de l'argent au garçon, Estelle s'y était vivement opposée :

« Il aura tôt fait de le perdre ou de le dépenser. »

Mais Louis-Dollard avait insisté :

« Sans le sou, comment apprendra-t-il à épargner ? »

Anxieux de prouver la sagesse de sa décision, il montra à Vincent la procédure pour remplir un bordereau de dépôt et lui remit un livret afin qu'il sache, en tout temps, le solde de son compte – qui s'élevait pour l'instant à seize sous sonnants. Il l'introduisit aussi aux bases de la liturgie, lui expliqua la différence entre un péché capital et un péché matériel, et lui fit mémoriser la liste des dix commandements :

1. Tu n'auras d'autre dieu que Sa Majesté.

2. La Pièce Mère et toutes les autres espèces tu honoreras et jamais ne détruiras.

3. Tu te souviendras que l'argent ne pousse point aux arbres.

4. Tu ne garderas aucune menue monnaie sur toi.

5. Tu ne dépenseras point en vain.

6. Tu ne donneras point aux pauvres.

7. Tu ne prêteras point, ni sur gage ni à usure.

8. Tu ne joueras point.

9. Tu n'accepteras point de fausse monnaie.

10. Tu ne convoiteras point les biens vendus en magasin.

Enfin, avant de le laisser aller, il lui répéta la sage vérité que lui avait transmise son propre père :

« On gratte, on gratte, et on ne trouve jamais le fond de ses besoins. »

Pendant toute une année, Vincent se contenta d'admirer sa fortune à travers les brumes du plastique rose, et son père ne put que se féliciter de lui avoir fait confiance. Mais arriva un jour où, pendant qu'il s'amusait à agiter le cochon pour entendre tinter les pièces, l'une d'elles se coinça dans la fente. Cédant alors à la curiosité, il tira dessus.

Pour la première fois de sa vie, Vincent tenait une véritable pièce dans sa main et avait tout le loisir de l'examiner à sa guise. Le sou n'était pas neuf, en fait il était aussi noir que l'intérieur d'un coffre-fort. Malgré la patine et les traces d'usure, les motifs avaient encore assez de relief pour que l'on puisse discerner les contours des deux feuilles d'érable flanquant le millésime de 1923 et, sur l'avers, le noble profil de George V, «*Dei Gratia Rex et Indiae Imperator*». Vincent soupesa la pièce, la fit rouler sur le plancher, vérifia, en tentant l'expérience, qu'il était possible d'accumuler pas moins de trente gouttes d'eau à sa surface. Il s'amusa tant et si bien qu'au moment de la remettre dans la tirelire, il hésita. Quel mal y aurait-il à la garder encore un peu sur lui? La pièce, après tout, ne quitterait pas sa poche...

Ses pas le menèrent à la gare, déserte en ce milieu d'après-midi. Tournant ses yeux vers le mont Royal, il aperçut le train de trois heures dix qui émergeait justement du tunnel. Dans quatre minutes, il serait à sa hauteur. Vincent eut alors une envie aussi saugrenue qu'irrésistible. Oubliant le deuxième commandement et sans réfléchir aux conséquences de son acte, il sauta sur la voie ferrée et déposa son sou noir sur un des rails. Puis, il alla s'asseoir dans l'herbe du talus et attendit. Comme le train approchait, il vit la pièce commencer à vibrer, puis disparaître sous les roues alors que les freins criaient et que la locomotive s'immobilisait. Quelques dames descendirent des wagons et, comme personne n'y montait, le chef de train signala au mécanicien de repartir. Vincent attendit prudemment que le dernier wagon fût passé pour s'approcher des voies. Ce qu'il trouva sur le ballast ne ressemblait plus à un sou : c'était une pastille de cuivre, aussi plate qu'une feuille de papier.

Cette expérience aurait dû lui servir de leçon. Mais un mois plus tard, il recommença à jouer avec sa tirelire, insérant cette fois un coupe-papier dans la fente jusqu'à ce qu'il en extirpe la pièce de cinq sous. En plus de porter l'effigie du castor, son animal favori, la pièce était datée de 1939 – l'année de sa naissance. Lorsqu'il sortait jouer, il se gardait bien maintenant de s'aventurer au-delà de la limite de propriété et restait dans le jardin. Un lendemain de tempête, cependant, la pièce lui échappa des mains et tomba dans la neige. Vincent eut beau fouiller tout autour, impossible de la retrouver.

«Qu'est-ce que tu cherches là?» cria Morula en ouvrant la fenêtre d'où elle l'observait.

Vincent fut bien forcé d'improviser un mensonge.

«J'ai égaré une mitaine.

— Ne perds pas ton temps, tu ne la reverras plus jamais. Quand la neige fondra au printemps, ta mitaine sera emportée très profondément sous terre, jusqu'à ce qu'elle refasse surface en Chine.»

Il ne restait dans sa tirelire qu'une pièce de dix cents en argent, représentant la légendaire goélette de course *Bluenose*. Curieux d'en connaître la valeur d'échange, Vincent décida d'aller faire un tour dans les petits commerces qui occupent le centre de l'Enclave. Il passa sans s'arrêter devant la vitrine du barbier, celle de la cordonnerie Clément, avec ses boîtes de cirage à chaussures de toutes les couleurs, et celle de M. Vachon, où s'alignaient des chaussons roses pour les petites filles inscrites aux cours de ballet. Il entra chez Taylor, un magasin mal tenu où l'on vendait des boissons gazeuses, des cigarettes et des friandises. C'était le paradis des tablettes de chocolat, des flûtes de cire, des suçons pointus, des carrés de tire-éponge, des bâtons de réglisse, des lunes de miel, de la gomme à la pepsine, des caramels et des pommes au sucre d'orge. Devant le présentoir, Vincent ne ressentit aucun plaisir – seulement une vague nausée. Son air égaré le fit paraître suspect aux yeux de la vieille Mme Taylor, qui soupçonnait tout enfant de vouloir la voler.

«Alors, qu'est-ce que tu veux? lui demanda-t-elle dans un français hésitant. De la *bubble gum*?»

Vincent, intimidé, s'approcha du comptoir. À côté de la caisse, il y avait une petite tirelire jaune, sur laquelle il était écrit : *Donnez aux bonnes œuvres de l'Oratoire.* Il inséra sa pièce de dix cents dans la fente et sortit du magasin soulagé et enchanté.

∂

Il dormit beaucoup mieux après s'être dépouillé de sa fortune : plus de cauchemars, plus de mauvaise conscience, plus d'insomnie. Il avait toujours le sommeil léger, cependant, et à peine une semaine plus tard, il fut éveillé par le grincement des gonds de sa porte. Quelqu'un entrait dans sa chambre à la faveur de la nuit – une figure fantomatique en longue robe blanche, autour de laquelle flottait un parfum sucré. Comme la silhouette passait devant la fenêtre, Vincent reconnut le profil aquilin de sa tante Morula.

Celle-ci venait de caler une bouteille d'essence de vanille et n'avait plus d'argent pour s'en procurer d'autres. En désespoir de cause, elle espérait dérober les seize sous de Vincent sans que personne le sache. Elle erra dans la chambre jusqu'à ce que ses mains rencontrent enfin la tirelire en plastique rose. Elle souleva le petit cochon, l'agita et dut se rendre à l'évidence : la tirelire était vide !

Vincent crut que les choses en resteraient là. Mais le lendemain matin, il était convoqué dans le bureau de son père. Il était rarement admis dans le sanctuaire paternel, et jamais pour de bonnes raisons. Cette fois, il savait à quoi s'attendre. Il frappa timidement à la porte. Louis-Dollard était assis dans son fauteuil pivotant, Estelle se tenait debout près de lui, et les trois tantes juste derrière.

Aucun doute : la cour avait été convoquée, le jury réuni, et la pièce à conviction était exposée sur la table de travail.

Recourant à sa technique d'intimidation favorite, Louis-Dollard laissa l'enfant pâtir durant cinq bonnes minutes avant de lui adresser la parole :

« Je crois me souvenir de t'avoir donné une pièce d'un sou, une de cinq sous et une de dix – ce qui est plus qu'un garçon de ton âge devrait posséder. Or, il ne reste plus rien dans ta tirelire. Où est passé ton argent ?

— Je l'ai égaré.

— Alors tu vas te confesser. Et ne t'avise pas de nous raconter des histoires : tu ne mentirais qu'à toi-même. »

Vincent rassembla son courage et avoua qu'il avait perdu la menue monnaie.

« Et la pièce de dix sous ?

— Je m'en suis départi.

— Pourrais-tu répéter ce que tu viens de dire ? Je crois que j'ai mal compris. »

Vincent déglutit si fort qu'il lui sembla que toute la maisonnée pouvait l'entendre.

« Je l'ai donnée à une œuvre de charité », finit-il par avouer d'une voix étranglée.

Charité : de tous les mots de la langue française, aucun n'était plus honni par les Delorme.

« Je l'avais bien dit qu'il était trop jeune pour qu'on lui confie de l'argent, se gaussa Estelle.

— Quand le fils prodigue revient au bercail, il faut tuer le veau gras, dit Louis-Dollard. Gastrula, descends dans la chambre verte et allume le brasero. »

Sur les charbons ardents, Louis-Dollard lança trois pièces et dit à Vincent :

« Tends les mains, quêteux. »

Ramassant les sous incandescents avec des pincettes, il les laissa tomber dans les paumes de l'enfant, qui poussa aussitôt un hurlement à fendre l'âme.

« Maintenant tu sais ce qui arrive quand l'argent te brûle les doigts. »

Vincent regardait avec horreur sa main, sur laquelle des cloques de lymphe commençaient à se former.

« Tu n'auras plus un sou de moi jusqu'à ta majorité, dit Louis-Dollard. Et estime-toi heureux de ne pas être déshérité. »

Estelle s'éveille avec la sensation d'une présence étrangère et animale dans son lit. Elle se dresse sur son séant et trouve la place de Louis-Dollard occupée par une grande boîte rectangulaire sur laquelle sont estampés, en cursives dorées, les mots *Salon Laura Boucher*. Mécontente d'avoir été surprise dans son sommeil, elle arrache le couvercle sans cérémonie. Dans un bruissement de papier de soie surgit alors un manteau en castor rasé de couleur huître, aux reflets argentés, fermé par trois boutons en pierres du Rhin et portant les initiales E. D. brodées sur la doublure de satin.

«Quelle nouvelle folie nous guette à présent? dit-elle en rejetant les couvertures. Du champagne et des diamants?»

La fourrure est veloutée au toucher et il s'en dégage un discret parfum de luxe, pour peu qu'on y plonge le nez. Malgré sa masse, le manteau est léger, et Estelle, les pupilles dilatées de convoitise, ne peut résister à l'envie de l'enfiler aussitôt sa toilette terminée. En passant devant le miroir, elle remarque qu'il lui va autrement mieux que son étole en peau de souris et s'arrête un moment pour s'admirer sous toutes les coutures, en émettant un petit sifflement. Se laisserait-elle gagner par la vanité?

Ce matin, elle a la ferme intention de reprendre la maisonnée en main, et le premier point à l'ordre du jour est de descendre au bureau afin de procéder à une vérification en règle des comptes. Les nouvelles sont atterrantes: il manque près de mille dollars dans les coffres et le grand livre n'est pas équilibré. Elle convoque Vincent illico et lui dresse un portrait exact et sans fard du gouffre financier dans lequel Louis-Dollard les a précipités.

«Il en tient maintenant à toi de faire ton devoir et de nous sortir de ce mauvais pas, dit-elle à son fils. L'heure n'est plus aux expédients: tu dois demander la main de Penny dès aujourd'hui. Sans sa dot, nous sommes finis.»

Elle attend que Vincent se recroqueville dans son fauteuil en signe d'acquiescement. Or, avec une nonchalance aussi inhabituelle qu'inattendue, il lance son crayon sur le bureau et, croisant les doigts au bout de ses bras tendus, fait craquer ses jointures sans vergogne. Son air frondeur lui donne une prestance que je n'aurais jamais soupçonnée chez lui.

«Mlle Sterling est une jeune femme admirable. Elle mérite mieux que d'être exploitée pour sa fortune.

— Oublies-tu qu'en échange elle jouira du privilège de porter notre nom?

— Les sentiments que nous avons l'un pour l'autre sont encore, pour l'instant, de nature amicale, rien de plus.

— Il ne faut jamais se fier aux sentiments, mon garçon, surtout pour établir les fondations d'un mariage de raison.

— Permets-moi de ne pas partager cette opinion.»

Estelle n'apprécie pas du tout ce changement de ton chez son fils. Elle aime encore moins sentir son autorité ainsi défiée.

«Je ne sais pas quelle mouche t'a piqué cet été, mais elle t'a rendu effronté. Je préfère t'avertir que, dans les circonstances, je ne tolérerai aucune insubordination.

— Avec tout le respect que je te dois, sur le principe fondamental de l'amour partagé, je ne céderai pas.

— C'est ce que nous verrons. »

Estelle relève le col de son manteau de castor et sort du bureau en coup de vent.

La tête haute, la poitrine bombée comme une outre, elle entre en trombe dans le garage et, avisant Louis-Dollard, qui se morfond derrière l'établi, lui fait signe de se lever.

«Mets ta casquette, lui dit-elle. Nous allons nous promener. »

La vision de sa femme drapée du cadeau qu'il lui a offert semble à Louis-Dollard de bon augure pour sa réhabilitation. Il se précipite pour lui ouvrir la portière arrière et va prendre place derrière le volant. Les voilà partis, tels un chauffeur en livrée et sa patronne. Louis-Dollard jette de temps à autre un regard dans le rétroviseur, dans l'espoir d'y croiser les yeux d'Estelle et d'avoir la confirmation de son indulgence envers lui. Mais elle est encore contrariée par sa conversation avec Vincent et garde un visage renfrogné. La vasodilatation de sa couperose lui donne une couleur pourpre qui menace de virer au violet. Ils font ainsi plusieurs fois le tour du parc avant qu'elle ne daigne lui adresser la parole :

«Pensais-tu vraiment m'amadouer avec un manteau de fourrure ?

— Eh bien, un cadeau est quelque chose qu'on ne mérite pas nécessairement, mais qu'on se doit d'accepter avec reconnaissance...

— Pour qui me prends-tu? Jamais je ne succomberais à une tentative de corruption aussi flagrante.

— Voyons, Estelle... Tu n'es quand même pas au-dessus de la bassesse et de la vénalité.

— Quoi qu'il en soit, sache que je n'accorderai mon pardon que quand Vincent sera officiellement fiancé. »

Le moteur choisit ce moment pour avoir des ratés et, avant qu'il n'étouffe tout à fait, Louis-Dollard rebrousse chemin. Il dépose Estelle devant le perron et, se retournant vers elle, lui demande d'une voix gênée :

«Si tu ne veux pas du manteau, puis-je le rapporter à la boutique afin qu'on me le rembourse? »

Pour toute réponse, Estelle lui claque la porte au nez.

❧

Louis-Dollard est un peu déçu de la tournure des événements, mais pas découragé outre mesure. Il ne sera pas difficile, croit-il, de convaincre Vincent de se marier. Penny Sterling, après tout, n'est pas seulement un bon parti; elle a de la personnalité et elle est, de surcroît, fort jolie. Lui, en tout cas, à la place de son fils, il n'hésiterait pas. C'est donc avec confiance qu'il va trouver Vincent dans sa chambre.

«Mon fils, je ne te le cacherai pas, je suis en mauvaise posture. La triste situation dans laquelle je me trouve ne peut plus durer. Or, j'ai beau négocier avec ta mère, elle est intraitable. »

Vincent s'agite sur sa chaise sans réussir à dissiper son inconfort. Il n'a aucune envie d'être mêlé aux querelles de ses parents.

«Me demandes-tu d'intercéder en ta faveur?

— Ce serait inutile. J'ai bien peur que toutes les ressources de la diplomatie ne suffiraient pas à détourner Estelle de sa résolution. Elle a exigé une condition à mon retour, et ce sont tes fiançailles. Fils, mon sort est entre tes mains.»

Vincent retrousse ses manches et serre les poings.

«Le devoir filial a ses limites et celles-ci ont été amplement dépassées. Votre plan en ce qui concerne Mlle Sterling est ignoble et je refuse d'y participer.

— Ne prends pas de décision précipitée. Écoute d'abord ce que j'ai à te proposer. Tu y trouveras ton compte, c'est promis. En échange de ta collaboration, je suis prêt à partager avec toi le secret le plus précieux de notre famille : la combinaison de la chambre verte.

— Non, merci. Je ne tiens pas à avoir accès à cet endroit maudit.

— Attention, mon garçon. Ce que tu dis frise l'hérésie.

— Si j'ai jamais eu la foi de mes ancêtres, je la renie. Je t'ai maintes fois supplié de rayer mon nom de ton testament, et tu as toujours refusé. Inutile, donc, de poursuivre cette discussion stérile.»

Nécessité est mère d'invention, et Louis-Dollard, à la perspective de finir ses jours dans le garage, trouve de justesse une carte maîtresse à jouer.

«Accepte de te fiancer, dit-il, et je te déshériterai.»

Ces mots s'abattent sur Vincent comme un couperet et le laissent si étourdi qu'il n'ose plus bouger. Comment lui reprocher de succomber si vite au sentiment de légèreté qui le gagne à l'idée d'être enfin délesté du boulet qu'il traîne depuis la naissance? Sa respiration, toujours un peu courte, ralentit au fur et à mesure que la raideur de ses épaules s'assouplit, et une sérénité inhabituelle l'envahit. Sa vacillation n'échappe pas à Louis-Dollard, qui s'empresse de battre le fer pendant qu'il est chaud.

«Je savais bien que tu finirais par entendre raison. Je m'en vais de ce pas annoncer la bonne nouvelle à ta mère.»

∽

Il traverse le corridor en sautillant et, tout guilleret, se présente chez Estelle. La vue du lit conjugal le remplit de nostalgie. Que ne donnerait-il pas pour s'y étendre et, ne serait-ce qu'un instant, abandonner sa tête inquiète sur l'oreiller moelleux? Hélas, sa femme montre des signes d'impatience et il est obligé d'en venir au fait.

«Tout est arrangé», dit-il, non sans une certaine fierté d'avoir réussi là où elle a échoué.

Estelle se frotte les mains, voyant déjà ses efforts couronnés de succès.

«On ne peut compter sur Vincent pour prendre l'initiative, dit-elle. Il vaut mieux que je m'en mêle – et le plus tôt sera le mieux. Je vais inviter Penny ce midi. Il fait beau et un pique-nique au jardin sera l'occasion propice pour la grande demande.

— As-tu l'intention de la faire toi-même, cette demande? s'inquiète Louis-Dollard.

— Bien sûr que non. Je prétexterai un malaise et je m'éclipserai au moment opportun. Mais je surveillerai les opérations de ma fenêtre, et si Vincent semble reculer, je n'hésiterai pas à intervenir. Quelle heure est-il?

— Dix heures moins le quart.

— Je n'ai plus une minute à perdre. Je descends à la cuisine donner des instructions à Gastrula. Blastula installera la table dans le jardin. Toi, entre-temps, rends-toi utile et répare cette damnée voiture. Elle faisait tellement de bruit ce matin que j'ai eu la honte de ma vie devant les voisins. »

Louis-Dollard se garde bien de discuter des ordres aussi péremptoires. Il retourne au garage, trop heureux d'échapper à la fébrilité qui court déjà à travers la maisonnée. Il ouvre le capot de la voiture, lance le moteur et se met au travail. Il n'est pas expert en mécanique et n'arrive pas à déterminer la nature du problème. Pendant qu'il vérifie si la courroie du ventilateur ne patinerait pas, je réfléchis aux ennuis qui se profilent si Estelle parvient à ses fins. Vincent est ma seule planche de salut et j'attends depuis des années son accession à la tête de la famille pour retrouver mon lustre d'antan. En toute conscience, je ne peux laisser Louis-Dollard le déshériter. C'en serait fait de moi. La chance qui se présente en ce moment risque de ne jamais se répéter. Elle est tellement inespérée que je ne peux y voir qu'un signe du destin. Oserai-je la saisir?

Je formule une dernière prière pour Louis-Dollard, qui va bientôt s'endormir et ne plus jamais se réveiller. Mais je ne ressens ni peine ni pitié quand je relâche les contrepoids de la porte de garage et la referme sans bruit.

Il fut un temps, pas si lointain, où Estelle n'aurait jamais laissé Vincent s'éloigner hors de sa vue. Elle avait alors l'habitude de le surveiller nuit et jour, chronométrant le temps qu'il passait sous la douche et exigeant que la porte de sa chambre restât toujours grande ouverte, même lorsqu'il se changeait. Elle n'accordait à son fils aucune forme d'intimité et aurait considéré toute tentative de repli sur soi comme un acte de rébellion. Même à quinze ans, celui-ci n'avait pas le droit de se lever le matin avant que sa mère n'ait d'abord inspecté les draps.

« C'est un crime de gaspiller sa semence », se délectait-elle de lui reprocher quand elle repérait la moindre goutte de pollution nocturne, comme si son fils avait abusé de sa personne en toute conscience.

Persuadée que l'humiliation viendrait à bout de ces saletés, elle ourlait la tache de surpiqûres rouges et envoyait Vincent étendre le drap sur la corde, afin que tous les voisins soient témoins de sa honte. Au bout d'un an, le drap ressemblait à une courtepointe, mais il n'était pas question de le remplacer, puisque cela aurait causé un dangereux précédent. Vincent, en effet, s'était toujours vu refuser de jeter ses choux gras. Ses pantalons étaient trop courts, ses cols de chemises usés jusqu'à la corde, et même un cirage généreux n'aurait pu dissimuler l'état piteux de ses chaussures. L'enfant avait l'air si négligé que le préfet de discipline du collège avait écrit à ses parents pour s'en plaindre :

«*Si la tenue de cet élève ne s'améliore pas d'ici peu*, concluait-il, *nous serons dans l'obligation de sévir.*»

Ses menaces avaient été proférées en pure perte, car rien ne pouvait convaincre Estelle qu'un être jeune et encore incapable d'apprécier le prix des vêtements méritât mieux que des loques.

L'apparence de Vincent n'aidait en rien sa cote de popularité auprès de ses camarades, qui avaient tendance à l'écarter de leurs jeux et ne l'invitaient jamais chez eux. Il était condamné à les entendre parler de leurs sorties, de leurs journées de ski, de leurs excursions d'équitation, de leurs fins de semaine à la campagne – et bien que toutes ces activités lui fussent étrangères, il n'avait aucune difficulté à imaginer le plaisir qui leur était associé et qu'il aurait pu en tirer s'il n'avait été contraint de passer ses samedis à la bibliothèque, activité fortement encouragée parce que gratuite.

C'est sur les rayonnages, qu'il épluchait par désœuvrement, que Vincent fit une découverte qui allait changer sa vie : la collection «Signe de piste», avec ses romans d'aventures exaltant les vertus du scoutisme. À défaut de rejoindre les rangs de ses héros, la bande des Ayacks ou le club des Culottés, notre héritier demanda à être admis dans la troupe de la paroisse, qui se réunissait dans le sous-sol de l'église. Estelle s'opposa fortement à ce que son fils adhérât à une organisation faisant la promotion de l'entraide gratuite et requérant de ses aspirants la promesse solennelle d'«aider son prochain, quel qu'en soit le coût». Mais comme Vincent n'avait à payer ni l'uniforme ni l'équipement usagés que lui cédait un ancien scout, Louis-Dollard donna son assentiment. Durant le camp, qui eut lieu cette année-là sur le bord d'une rivière des Laurentides, Vincent expérimenta pour la première fois la vie hors du cocon familial. Non seulement il apprit à faire un feu, à nager, à pagayer et à s'orienter en forêt à la boussole, mais en outre il se fit un ami.

Le garçon, qui s'appelait Julien, comptait parmi les plus récents arrivants à l'Enclave. Sa famille venait en effet d'emménager sur l'avenue Rockland, dans une gigantesque maison de style espagnol, revêtue de stuc et couverte de tuiles en terre cuite, que les Delorme, avec leur dédain habituel pour l'étalage tapageur que font les nouveaux riches, appelaient un «éléphant blanc». Vincent savait que ses parents ne permettraient jamais qu'il y mette les pieds, aussi raconta-t-il à sa mère qu'il allait passer l'après-midi à la bibliothèque le jour où il y fut invité. L'avenue Rockland était à dix minutes de chez lui. Il fit le trajet en moins de cinq. Il arriva chez son ami essoufflé et s'arrêta un moment pour admirer la Studebaker Champion décapotable rouge pompier stationnée dans l'allée en demi-lune. Ce fut Julien lui-même qui vint ouvrir la porte de verre grillagée de fer forgé.

«T'as pas apporté ton costume de bain? dit-il. Ce n'est pas grave. Je vais te prêter un des miens.»

En traversant le hall, Vincent fut ébloui par le plancher en terrazzo poli où se reflétaient, comme dans un miroir, les mille feux d'un lustre disproportionné. Ils traversèrent une cuisine ultramoderne, toute en chrome et en stratifié étoilé, puis descendirent dans une grande pièce que Julien appela «le *den*» – une caverne tapissée de moquette aux motifs géométriques, dont le centre d'attraction était un téléviseur Zenith à écran bombé encastré dans un meuble massif en noyer. Confortablement assis dans un fauteuil de cuir, un verre de scotch avec glaçons à la main, le père de Julien était en train de regarder un match de football avec tant d'attention qu'il n'adressa qu'un salut distrait aux garçons. Ceux-ci firent coulisser la porte-fenêtre et se retrouvèrent dans le jardin, où était creusée, merveille des merveilles, une piscine dont les eaux d'un turquoise vibrant étaient des plus invitantes. Julien tendit un maillot de bain à Vincent et lui dit :

« Va te changer dans le cabanon et viens me rejoindre. »

C'est ainsi que Vincent eut le bonheur de passer la journée à sauter dans l'eau, à flotter sur un matelas pneumatique et à manger de la crème glacée, à jouer au Mille Bornes et à regarder des dessins animés à la télévision. À cinq heures, la mère de Julien fit son entrée dans la maison, chargée de paquets. Elle revenait du centre commercial, où elle avait acheté des robes et du parfum. En retirant sa voilette et ses gants blancs, elle se tourna vers Vincent pour lui dire :

« Tu vas souper avec nous, n'est-ce pas ? »

Comment notre héritier aurait-il pu refuser pareille invitation, venue de surcroît d'une femme si jeune, si belle, si bien habillée ? Il alla docilement s'asseoir dans la salle à manger, où le couvert avait été dressé sur des napperons de vinyle vernissé. Son repas fut une suite d'émerveillements dont l'intensité alla croissant au fur et à mesure qu'on posait les plats devant lui. On lui servit d'abord un bol de soupe poulet et nouilles en sachet, puis il goûta pour la première fois de sa vie à des raviolis en conserve. Le dessert, un gâteau des anges nappé d'un glaçage à la guimauve, avait été acheté chez Woolworth. Il trouva tout d'autant plus délectable que rien n'était fait maison.

Vint cependant le moment fatal où le père de Julien se leva de table et lui offrit d'aller le reconduire. Il me semble encore voir notre héritier descendre avec précaution de la Studebaker, le visage défait. Je crois qu'un évadé appréhendé n'aurait pas été plus rétif à l'idée de réintégrer sa cellule de prison. Je lui aurais ouvert la porte si Louis-Dollard ne l'avait attendu de pied ferme dans l'entrée, lui bloquant le passage de tout le coffre de sa large poitrine. On aurait dit qu'il ne reconnaissait pas son propre fils.

« Puisque tu ne respectes pas l'horaire que nous t'avons fixé, tu devras te trouver une autre maison de chambres pour la nuit. Déguerpis tout de suite ou j'appelle la police. »

La porte se referma et la lanterne de l'entrée s'éteignit. Le verdict était tombé, irréversible : Vincent était condamné à dormir dehors. Il fit les cent pas sur le perron, espérant encore que son père, mû par la compassion, reviendrait sur sa décision. Il perdit tout espoir quand le froid commença à s'installer. J'ai tenté de le réchauffer et d'amortir les secousses de ses sanglots lorsqu'il s'est blotti contre mes fondations. J'étais mortifiée par mon incapacité, mais que pouvais-je faire d'autre pour lui ?

❧

Le lendemain, un conseil de famille fut tenu, durant lequel le cas de Vincent fut discuté en priorité. Tous s'entendaient sur le fait qu'il glissait sur une pente dangereuse, et plusieurs solutions furent proposées – la plus radicale étant de l'enfermer dans une école de réforme jusqu'à sa majorité, à défaut de pouvoir l'enrôler dans l'armée. Louis-Dollard rappela à son épouse et à ses sœurs que l'oisiveté était la mère de tous les vices et que son fils n'était tout simplement pas assez occupé. La raison, heureusement, prévalut, et il fut décidé à l'unanimité que le garçon serait mis au travail – au service et dans l'intérêt des Delorme, il allait sans dire.

C'est ainsi que notre héritier devint employé de l'entreprise familiale et apprenti concierge de notre immeuble d'appartements. Tous les matins, avant de partir pour le collège, il devait s'acquitter d'une longue liste de tâches : astiquer les rampes et les boîtes aux lettres, laver les planchers des corridors, remplacer les ampoules grillées, balayer les garages, déboucher les éviers, réparer les robinets qui fuyaient, remplacer les éléments des cuisinières. Par beau temps, il tondait la pelouse et finissait les bordures aux cisailles, arrachait les pissenlits, remuait le compost. Quand il pleuvait, il faisait l'inventaire de l'atelier, où étaient conservés les moteurs et les pompes de rechange des chaudières, les fournitures électriques, les tuyaux de plomberie et les stores vénitiens. Les nuits de tempête, il se levait à l'aube pour aller dégager la neige des sorties de garage et des allées piétonnières...

Il se montra si diligent que Louis-Dollard lui confia la lourde responsabilité de gérer les revenus des monnayeurs automatiques installés sur les machines payantes de la laverie de l'immeuble. Chaque jeudi, Vincent récoltait les pièces de dix sous dans une grande mitaine en peau lainée, les comptait et les roulait dans des tubes de papier, qui étaient ensuite déposés dans le vieux coffre de pêche faisant office de petite caisse.

Le fond du coffre était tapissé d'un document parcheminé que Vincent eut un jour la curiosité de déplier. Il venait de trouver le testament de son grand-père Prosper.

En lisant le codicille, il comprit qu'il avait un cousin dont on lui avait toujours caché l'existence – un pauvre orphelin qu'on avait spolié de son héritage et qui vivait maintenant, selon toute vraisemblance, dans la plus abjecte pauvreté. Il l'imagina mendiant au coin d'une rue, pâle, triste, rachitique, vêtu de haillons, transi de froid. Ses parents avaient-ils réellement commis l'infamie de voler à cet enfant son confort, sa sécurité, son avenir ? Il pensa aux billets entreposés dans la chambre verte et les vit couverts de sang innocent. Il jura sur-le-champ qu'il retrouverait son cousin et obtiendrait pour lui réparation, avec intérêts, du mal que les Delorme lui avaient fait.

☙

Un matin d'automne, alors que Vincent ratissait les feuilles mortes du négondo, Louis-Dollard vint le trouver et le prit paternellement par l'épaule.

« Range ton râteau, dit-il. Aujourd'hui, je t'emmène à la chasse au gros gibier ! »

Tous deux munis de sacs de jute, ils allèrent s'embusquer dans la ruelle, derrière une rangée de poubelles.

« Qu'est-ce qu'on attend comme ça ? » demanda Vincent au bout de vingt minutes.

Son père lui fit signe de se taire, car un chat roux approchait. Vincent connaissait bien l'animal : c'était le pauvre Darcy, que Mlle Kenny avait recueilli alors qu'il était à moitié mort de faim. Elle l'avait ramené à la vie, l'avait soigné, l'avait débarrassé de ses puces et l'avait même fait vacciner par le vétérinaire. Elle tenait à ce chat comme à la prunelle de ses yeux.

Attiré par l'odeur alléchante des ordures, Darcy s'approcha des poubelles et y colla son museau. C'est à ce moment précis que Louis-Dollard sauta sur lui et l'enferma dans le sac de jute.

«Rentrons vite avant que quelqu'un ne nous aperçoive», dit-il en tenant à bout de bras le sac où le chat poussait des miaulements plaintifs.

Il entraîna son fils dans la chaufferie et lui ordonna d'allumer l'incinérateur à déchets.

«Notre locataire a eu le front d'héberger un chat, alors qu'il est clairement stipulé, à l'article 53 du bail qu'elle a signé en bonne et due forme, que les animaux domestiques sont formellement interdits dans nos appartements! Elle va voir de quel bois nous, les Delorme, on se chauffe.»

Dans le sac, Darcy était retourné à l'état sauvage. Il se débattait avec violence et ses miaulements étaient devenus des cris enragés.

«Allez! dit Louis-Dollard. À toi l'honneur de nourrir le feu!»

Poussé par son père, Vincent n'eut d'autre choix que de lancer le sac de jute sur le bûcher.

«Maintenant ferme la porte, sinon il va s'échapper!»

Vincent ne bougea pas. Il avait les yeux rivés sur l'holocauste et ne sentait même pas ses larmes couler. Les hurlements du chat résonnaient dans la cheminée tandis qu'une odeur âcre émanait de sa chair rôtie, puis on n'entendit plus que le crépitement de ses os pendant que le squelette s'affaissait sur les cendres.

«Ta mère va bien s'amuser tout à l'heure quand Mlle Kenny appellera en vain son chat perdu, dit Louis-Dollard. Quant à toi, mon fils, tu mérites bien une petite récompense.»

Et, dans un élan de générosité, il remit à Vincent un billet tout neuf.

« Il est à l'effigie de notre nouvelle souveraine, la reine Élisabeth II, dont on a célébré le couronnement l'an dernier. Conserve-le bien précieusement. »

Le billet vert, d'une valeur de un dollar, avait été émis à Ottawa en 1954 et portait le numéro de série FD8593322, ainsi que la signature de messieurs Beattie et Coyne, respectivement sous-gouverneur et gouverneur de la Banque du Canada. Les armoiries et la devise du pays étaient intégrées à l'arrière-plan, et du côté droit, Sa Majesté était représentée en robe de satin, parée de diamants. Son visage était figé dans une pose statique. Les ondulations de sa chevelure, cependant, semblaient étrangement animées. Par ce phénomène bizarre qu'on appelle paréidolie et qui nous pousse à reconnaître des traits humains dans les objets informes, Vincent vit soudain apparaître, parmi les boucles de la reine, la face d'un diable grimaçant. Avec un cri, il laissa tomber le billet de banque et constata que celui-ci avait laissé plein de petites coupures sur ses doigts.

Dans son esprit, désormais, il n'y avait plus aucun doute : l'argent était la source de tous les maux – et la racine du Mal.

Un fantastique dépotoir : il n'y a pas d'autres mots pour décrire le jardin de Louis-Dollard. La terrasse, faite de planches pourries et de briques cassées, est si inégale qu'on ne peut s'y aventurer sans se tordre la cheville. Au centre, une brouette en fer fait office de bassin, dont les eaux fétides rivalisent de puanteur avec les émanations du compost qui fermente dans un coin. En bordure, mon vénéré fondateur a disséminé, à deux pieds d'intervalle, quelques chétives pulmonaires velues, toutes propagées à partir des rhizomes d'un seul plant et choisies en fonction du peu de soins qu'elles requièrent. Aux branches d'une viorne dévorée par les limaces, il a pendu sa version bon marché d'une harpe éolienne : cinq pots en terre fêlés qui, au moindre souffle de vent, s'entrechoquent en produisant des sons creux.

Y a-t-il endroit plus incongru pour donner une *garden-party* ? Estelle y a pourtant dressé la table pliante rouillée et, à défaut de nappe en plastique, elle l'a couverte d'un vieux rideau de douche piqueté de moisissures. Elle met davantage d'efforts à disposer, en divers endroits stratégiques, trois miroirs qui lui permettront de surveiller sous tous les angles, depuis la fenêtre où elle sera postée, le déroulement du tête-à-tête entre les tourtereaux. Une fois le travail terminé, elle se recule pour juger de la vue d'ensemble. Il lui faut bien admettre que celle-ci est du plus triste effet et que le plateau de sandwichs aux radis préparés par Gastrula ne suffira pas à égayer le tout – et encore moins à susciter ces épanchements qui rapprochent deux êtres et les acheminent naturellement vers le terrain de l'intimité, sans qu'ils se rendent compte que le piège de l'engagement vient de se refermer sur eux.

C'est donc contrainte par la nécessité, et à son portefeuille défendant, qu'Estelle va faire quelques emplettes. Au moment de mettre le pied sur le trottoir, elle est retenue par un léger vertige. Voilà bien dix ans qu'elle n'a pas franchi seule les limites de notre propriété, aussi doit-elle prendre son élan avant de continuer. Au début, son confinement était volontaire, motivé par la conviction que les sorties induisent inévitablement à la dépense, tandis qu'il n'en coûte rien de rester dans le confort de son foyer. Petit à petit, son univers s'est rétréci et, au fur et à mesure qu'il s'étriquait, le reste du monde a commencé à lui sembler aussi étranger qu'hostile. De mes murs, qui devaient être son refuge, elle a fait un cachot, dont elle ne peut se libérer sans une certaine angoisse. Il lui faut donc tout son courage pour atteindre la pâtisserie de madame Rosita, qui est pourtant située juste au coin de la rue.

Elle entre avec la ferme intention d'en repartir avec l'article le moins cher de la boutique. Ses scrupules, cependant, fondent comme sucre au soleil dès que la riche odeur de croissants et de pain chaud atteint ses narines, et la couleur, que l'anxiété avait drainée de son visage, regagne peu à peu ses bajoues. Elle rase la longue vitrine réfrigérée où sont exposés les gâteaux, les petits fours, les meringues et les figurines en pâte d'amande, et s'arrête en pâmoison devant l'éventail des pâtisseries. Choux à la crème, éclairs au chocolat, babas au rhum, religieuses au café, tartelettes aux fraises, barquettes au citron, petites souris nappées de fondant, gâteaux aux carottes enrobés de noix de coco et millefeuilles rivalisent de gaieté pour mieux la faire saliver.

Pendant qu'elle hésite à faire son choix, une fillette entre et avance jusqu'à la caisse. Elle porte une jolie robe en coton aux couleurs du tartan Black Watch, avec de la broderie anglaise au col et aux poignets, mais sa coupe chat lui donne l'air misérable d'une enfant des rues. Madame Rosita l'accueille avec un large sourire et lui offre un sablé garni d'une cerise confite.

« Voilà pour toi, dit-elle avec son fort accent espagnol. Va retrouver ta maman, maintenant. »

Estelle apostrophe la pâtissière et, avec un sans-gêne effarant, lui demande :

« Pourrais-je y goûter moi aussi ? »

Prise au dépourvu, madame Rosita lui tend un biscuit. Estelle l'enfourne tout entier dans sa bouche et le laisse fondre lentement sur sa langue. Le plaisir que lui procurent les saveurs de beurre, de sucre et de vanille n'a d'égal que celui d'avoir obtenu quelque chose de gratuit.

« Que puis-je pour vous ? lui demande madame Rosita en agitant ses boucles noires, à travers lesquelles on voit briller deux créoles en or.

— Une douzaine de pâtisseries françaises ! »

Madame Rosita va chercher ses pinces en métal et compose un assortiment de ses spécialités. Elle range le tout dans une boîte de carton blanc qu'elle ferme avec une ficelle nouée bien serré.

«Ça fera trois dollars, plus cinq sous pour le biscuit», dit-elle en enregistrant le montant dans la caisse.

Estelle fourrage dans son porte-monnaie et paie les yeux fermés. Qu'importe, pense-t-elle. Ces dépenses excessives auront bientôt une fin et ne seront qu'un mauvais souvenir quand elle aura la fortune de Penny dans la poche.

ॐ

Elle repart avec son paquet d'un pas presque guilleret, collant son nez près des fentes de la boîte pour capter les effluves de son contenu. En passant devant le garage, elle entend un bruit de moteur. Elle est si satisfaite de savoir que Louis-Dollard s'active à réparer la voiture, comme elle le lui a commandé, qu'elle ne s'inquiète pas outre mesure de voir la porte fermée – Dieu merci.

Son esprit, il faut dire, est préoccupé par Vincent, dont la tenue débraillée est tout à fait inappropriée pour une grande déclaration. Elle monte dans la chambre de son fils et sort de la garde-robe son ancien uniforme de collège : un pantalon de flanelle grise et le blazer marine orné d'un écusson. Elle ajoute à l'ensemble une cravate appartenant à Louis-Dollard – celle en soie grise à petits pois rouges qui me fait invariablement penser à la peau d'une truite mouchetée.

Elle a aussi apporté un petit écrin de velours vert, qu'elle remet à Vincent non sans lui avoir d'abord fait ses recommandations :

«Voici de quoi t'aider à conclure la transaction. Il s'agit d'un bijou de famille que je tiens à garder, alors je ne fais que le prêter. Quand vous serez mariés, je m'arrangerai pour le récupérer.»

Vincent s'inquiète moins de ce que Penny pensera de son flair vestimentaire que du jugement qu'elle portera sur le poids de son hérédité.

« Comment puis-je lui faire comprendre que je ne suis pas comme eux ? dit-il tout bas quand Estelle le laisse enfin seul. J'aimerais avoir été adopté. »

Il range le blazer et le pantalon, abandonne la cravate sur le lit. Il reste en manches de chemise et en chaussures sport. Il ne se rase pas et ne fait même pas à sa mère la concession d'un coup de peigne. Avant de glisser l'écrin de velours vert dans sa poche, il l'ouvre et voit une bague à diamants sur monture cathédrale en filigrane d'or gris. Il regarde le brillant épaulé de deux baguettes, lesquels scintillent avec la duplicité de trente deniers d'argent. La récompense de voir son nom rayé d'un testament vaut-elle vraiment qu'il salisse son cœur par la plus lâche des trahisons ? Je lui soufflerais bien la réponse, mais cette décision-là lui appartient entièrement.

☙

Lorsqu'il se décide enfin à descendre au jardin, il trouve Penny perchée sur le muret, ses jambes finement galbées ballottant dans le vide. Il se tourne du côté de la table, aperçoit le plateau de sandwichs aux radis et les pâtisseries encore dans leur boîte de carton.

« J'espère que tu n'es pas dupe des manigances de ma mère, dit-il à Penny sans se rendre compte qu'il la tutoie. Tout ceci fait partie de sa misérable tentative de jouer les entremetteuses.

— Ne t'inquiète pas. Je vois clair dans son jeu depuis le début et je sais comment me défendre.

— Je n'en doute pas, mais je crains que tu ne sous-estimes la rapacité de mes parents. Depuis qu'ils connaissent la valeur de ta fortune, ils ne songent qu'à mettre le grappin dessus et, crois-moi, ils sont prêts à tout pour parvenir à leurs fins – même à corrompre leur propre fils. Pas plus tard que ce matin, mon père a promis de me déshériter si j'acceptais de demander ta main.

— C'est une curieuse façon d'acheter quelqu'un...

— Il sait que je serais trop heureux de ne jamais toucher à son argent maudit.

— Alors ton intégrité est tout à ton honneur.

— Je t'assure que cette situation est aussi embarrassante pour moi qu'elle l'est pour toi. Tu n'es pas obligée de rester, mais avant de te laisser partir, j'aurais deux mots à te dire.

— Vas-y, je t'écoute. »

D'un coup de pied, Vincent envoie voler un caillou dans l'allée.

« Je suis troublé par une question qui te concerne – si troublé que je ne sais trop comment l'aborder.

— Alors essaie de commencer par le commencement.

— J'ai fait une découverte dans le livre de comptes qui me met dans l'embarras...

— Continue.

— J'ai tenté de camoufler l'affaire et je n'en ai pas soufflé mot à ma mère, mais j'ai peur de ne pouvoir la tromper plus longtemps. Vois-tu où je veux en venir ? »

Penny balance ses jambes avec encore plus de nonchalance.

« Oh ! Tu parles sans doute du loyer que je n'ai pas payé depuis plusieurs mois.

— Ce n'est pas le genre d'omission que mes parents prennent à la légère et j'ai peur que tu t'attires des ennuis... »

Penny se contente de hausser les épaules.

« J'ai une confession à te faire. J'ai loué l'appartement en usant d'un faux livret de banque. Je n'ai inventé aucun jeu, je n'ai aucun revenu, et je n'ai pas un sou vaillant. »

Vincent se laisse tomber sur un banc quand il se rend compte qu'elle ne plaisante pas. Je ne l'ai pas vu rire très souvent durant la vingtaine d'années de notre existence commune, mais cette fois, il s'esclaffe de bon cœur et ne peut plus s'arrêter.

« Quelle ironie ! dit-il en reprenant son souffle. Mes parents mériteraient qu'on se fiance, juste pour leur donner une bonne leçon. »

Avec un élan des bras, la jeune fille saute en bas du muret et vient atterrir juste sous le nez de Vincent. Elle lève les yeux vers lui, et leurs joues se touchent presque quand elle lui murmure à l'oreille :

« J'accepte. »

Enhardi par l'assurance insolente de Penny, il palpe la poche de son pantalon et en sort l'écrin de velours vert, qu'il lui tend. Elle a un léger mouvement de recul en voyant ses paumes couvertes de cicatrices circulaires.

« Qu'est-il arrivé à tes mains ? »

Vincent se met à arracher les feuilles de la viorne par petits gestes nerveux.

« Un autre secret que je te dirai un jour. »

Penny soulève le couvercle de l'écrin avec la délicatesse convenant aux circonstances. À la vue des diamants qui s'embrasent au soleil, ses yeux s'emplissent de larmes, qui ne sont ni de joie ni d'émotion. Je ne peux m'expliquer pourquoi, mais elle semble pleurer plutôt d'amertume. Oui, d'une amertume brouillée de haine, qui déforme son joli visage.

Vincent ne s'en rend pas compte, car comme il s'apprête à lui passer la bague au doigt, il aperçoit, du coin de l'œil, le reflet d'un miroir dans le massif de pulmonaires et, au beau milieu de ce reflet, l'image de sa mère qui les épie depuis sa fenêtre.

« Ne restons pas ici, souffle-t-il en entraînant sa nouvelle compagne de fortune vers la porte du jardin. Je connais un coin à l'abri des regards indiscrets. »

∼

Le silence retombe à peine sur le jardin qu'un essaim de guêpes vient le troubler. Alléchées par le sucre, les friponnes piquent sur les gâteaux d'un seul battement d'ailes, rasent les mottes de crème chantilly en vrombissant et enfoncent leurs pattes articulées dans les nappes de fondant. Leur chapardage n'échappe pas à Estelle, qui sort de sa chambre en panique et dévale l'escalier aussi vite que le lui permet son embonpoint. Elle se précipite dehors tous bras devant, chasse les guêpes à grand renfort de moulinets et s'empare de la boîte de pâtisseries, qu'elle serre jalousement contre son ventre flasque.

Prête à sacrifier son butin pour ne pas avoir à le partager avec les insectes, elle mord dans l'éclair au chocolat et n'en fait qu'une bouchée. Elle s'attaque ensuite aux tartelettes, dont les fraises dodues reluisent comme des vitraux à travers leur vernis de gelée. Sous la pression de ses puissants maxillaires, le millefeuille s'écrase et la crème déborde de tous côtés, rattrapée de justesse par la langue d'Estelle, qui racle à la hâte les lamelles de pâte feuilletée. Les flocons de meringue et de noix de coco tombent en neige sur le plastron de sa robe pendant qu'elle engloutit le reste des gâteaux à coups de dents voraces.

Sa mastication est interrompue par l'apparition de Vincent à l'entrée du jardin.

«Viens, maman. Rentre à la maison. Il y a eu un accident...»

Elle ne se lève pas avant de s'être d'abord léché les doigts avec un grognement goulu, puis de les avoir essuyés sur sa panse repue.

III

SOUS-SOL

Dire qu'il y a un an à peine, les époux Delorme fêtaient leurs noces d'argent sans cérémonie, et d'autant plus assurés d'avoir devant eux un avenir souriant. Reculant devant toute dépense, Louis-Dollard avait offert à Estelle, pour l'occasion, une pièce de vingt-cinq sous enveloppée dans un mouchoir – soit l'équivalent d'un sou par année d'union. Il lui avait présenté le cadeau dès son réveil, alors qu'elle se redressait en prenant appui sur ses oreillers. En la voyant les paupières fripées et les cheveux en bataille, Louis-Dollard avait bien dû admettre que sa douce moitié n'avait pas offert beaucoup de résistance aux implacables assauts du temps. Elle était néanmoins la mère de son fils, la maîtresse de sa maison, la gardienne de sa banque et, à cet égard, il était content d'avoir choisi la meilleure partenaire possible. Elle avait prouvé, maintes et maintes fois, qu'elle valait son pesant d'or – ce qui n'était pas peu dire, dans son cas. Et qu'est-ce qu'un mari pouvait demander de plus d'une épouse?

Estelle, pour sa part, avait été ravie de la charmante attention de son mari.

«J'ai aussi quelque chose pour toi», avait-elle dit en sortant du tiroir de sa table de chevet une pièce de vingt-cinq sous qu'elle n'avait même pas pris la peine d'emballer.

Le fait qu'ils se soient échangé le même cadeau leur avait procuré une bonne dose d'amusement, mais aussi un grand soupir de soulagement : à Sa Majesté ne plaise que l'un ait donné à l'autre plus qu'il n'avait reçu, faisant pencher par une largesse indue l'idéale balance de leurs comptes respectifs! Cette journée débutait donc sous les meilleurs auspices, et Louis-Dollard, dans un élan d'enthousiasme, avait fait valoir à Estelle que leur fils avait atteint sa majorité et qu'il était peut-être temps de lui accorder un peu d'autonomie.

«Rien de trop radical, l'avait-il rassurée. Juste de quoi lui donner l'illusion de la liberté.»

Ensemble, ils avaient convenu de le laisser emprunter la voiture une fois par mois – une décision prise un peu à la légère et dont ils auraient très bientôt à se repentir, car elle allait permettre au serpent de l'hérésie de s'introduire dans leur petit paradis et d'inscrire dans son sillage le plus funeste des présages.

❧

Lorsqu'arriva enfin le jour de la promenade mensuelle, Louis-Dollard amena Vincent au garage et, après lui avoir fait ses recommandations, lui remit les clefs de l'automobile – une Dodge Regent vert feuille, aux pneus à flancs blancs et au capot surmonté d'une calandre chromée représentant une tête de bélier. Bien qu'elle eût déjà quinze ans d'âge, la voiture était en parfait état : Louis-Dollard l'avait achetée d'un locataire qui en avait pris un soin jaloux et qui avait dû s'en défaire lorsqu'il avait été muté à Vancouver. Vincent l'avait déjà conduite à quelques reprises, quand son père l'avait envoyé faire des achats à la quincaillerie, à la papeterie ou chez le serrurier. Il s'était même rendu jusqu'à la rue Craig, chez un fournisseur de pompes de chauffe-eau. Mais jamais il n'avait dévié de la route prescrite. Aujourd'hui, il était enfin au volant de sa vie.

Il aurait pu aller faire un tour au Jardin botanique, aux écluses de Lachine ou encore dans les Laurentides. Il préféra se diriger vers le quartier Rosemont pour entreprendre la mission qu'il s'était solennellement assignée huit ans auparavant et dont il était maintenant prêt à s'acquitter : retrouver, coûte que coûte, son cousin Philippe. La seule piste lui avait été fournie par Morula, un jour que les brumes de l'essence de vanille l'avaient rendue plus loquace que d'habitude, et ses indications avaient été aussi sommaires qu'imprécises.

« La bijouterie de ton oncle Oscar était située quelque part rue Masson, à côté d'une banque, il me semble.

— Tu ne te rappelles pas l'adresse ?

— Je n'y ai jamais mis les pieds.

— Et sa veuve ? Où vit-elle à présent ?

— Comment le saurais-je ? Je ne l'ai jamais rencontrée.

— Tu ne t'es jamais inquiétée de son sort ?

— Grands dieux, non ! C'était une rapportée, Vincent. Pourquoi t'intéresses-tu soudain à elle ?

— Je suis curieux, c'est tout. »

La banque dont avait parlé Morula ne fut pas difficile à trouver : il n'y en avait qu'une seule dans toute la rue, située au coin de la 7e Avenue. L'adresse adjacente, cependant, n'existait plus : elle avait été absorbée par la banque quand celle-ci avait agrandi ses locaux. Ne restait, à côté, qu'un studio de photographie qui avait connu des jours meilleurs, à en juger par les portraits jaunis placardés en devanture. Vincent promena un regard distrait sur les poupons aux sourires forcés et les jeunes mariées figées dans des attitudes aussi gauches que rigides. Il allait rebrousser chemin quand son attention fut attirée par la photographie d'un homme posant devant une bijouterie; le nom écrit sur la vitrine lui fit l'effet d'un choc. Sans frapper, il poussa la porte du studio et, s'excusant auprès du propriétaire pour cette irruption, lui montra le portrait en question.

« Vous rappelez-vous cet homme ?

— Bien sûr, répondit le photographe. C'est Oscar Delorme, mon ancien voisin. Le pauvre n'a pas eu de chance avec sa bijouterie. Il a fait faillite au bout de deux ans et il est décédé peu après. Moi, je suis toujours ici, Dieu merci. Même quand les temps sont durs, les gens trouvent les moyens pour se faire tirer le portrait. »

Vincent observa un moment le visage de son oncle. Il cherchait dans ces traits mélancoliques une ressemblance avec son père ou ses tantes, mais n'y reconnaissait tout au plus qu'un vague air de famille.

« Et son épouse, savez-vous ce qu'elle est devenue ?

— Elle a été jetée sur le pavé, avec son nourrisson, parce qu'elle ne pouvait plus payer le loyer. Une dame si aimable, réduite à la dernière extrémité ! J'aurais aimé pouvoir l'aider, mais j'avais mes propres soucis, à l'époque, et j'ai perdu sa trace. Je l'ai revue bien des années plus tard, chez Morgan, je crois. C'est elle qui est venue me saluer, et je l'ai à peine reconnue tant elle avait changé. Elle était bien coiffée et vêtue de façon très élégante, avec un chapeau à voilette et un collier de perles à trois rangs. Elle tenait une jolie petite fille par la main.

— Un garçon, vous voulez dire.

— Non, non, elle s'était remariée, voyez-vous, et elle avait maintenant une fille. Son fils du premier lit était mort l'hiver d'avant. »

De toutes les éventualités, la disparition prématurée de son cousin était la seule que Vincent n'avait pas envisagée, et à la triste nouvelle, il sentit se creuser au fond de sa poitrine un abîme qui lui donna le vertige, puis la nausée. Après avoir pris congé du photographe, il erra quelque temps dans la ville, les mains crispées sur le volant de la voiture, cherchant en vain à alléger le malaise qui l'avait envahi. En rentrant chez lui, il avait compris que rien ne parviendrait à expier sa culpabilité, sinon un acte irréversible et désespéré. Il alla trouver ses parents et leur annonça, de but en blanc, qu'il voulait faire vœu de pauvreté et qu'il avait la ferme intention d'entrer chez les moines de l'abbaye de Saint-Benoît.

Dès le lendemain, le conseil de famille se réunissait une fois de plus pour discuter du cas de Vincent. Gastrula proposa d'ériger un tribunal de l'inquisition et de soumettre l'hérétique à la question. Blastula voulait le maintenir en quarantaine afin d'éviter tout risque de contagion. Morula était plutôt d'avis que seul l'amour pouvait le remettre dans le droit chemin et qu'il suffisait de trouver au jeune homme une fiancée – sur quoi Louis-Dollard renchérit qu'il avait justement la candidate toute désignée en la personne de Géraldine, la fille de Charles Knox. Estelle, qui rêvait depuis longtemps d'une alliance avec le propriétaire des quatre immeubles situés de l'autre côté du parc, opina du bonnet. Elle craignait cependant que cette mesure, bien que radicale, ne soit pas suffisante :

« Vincent étant majeur et vacciné, nous ne pouvons pas l'empêcher de commettre l'irréparable. Par mesure de sûreté, il est urgent de modifier nos testaments, afin d'empêcher notre fortune de tomber entre les mains d'une communauté religieuse. Entre-temps, notre héritier doit être mis face à ses responsabilités. Je sais que la chose est risquée, mais, selon moi, nous n'avons aucun autre choix : il faut l'initier aux secrets de la chambre verte sans plus tarder. Et j'estime qu'il revient à son père de s'en charger. »

Elle s'exprima avec une volonté si arrêtée que personne n'osa la contredire, et Louis-Dollard lui assura, en s'essuyant le front, qu'il veillerait de ce pas aux préparatifs nécessaires. Il disparut jusqu'à l'heure du dîner et attendit la fin du repas pour s'exécuter. Ayant déposé sa serviette sur la table, il se leva et ordonna à son fils de le suivre en bas. Il le conduisit alors à la soute à charbon et l'invita à entrer dans la chambre verte. Vincent, qui n'y avait pas remis les pieds depuis la nuit de son ordalie, fut choqué de constater que la pyramide de liasses avait plus que doublé, si bien que sa base couvrait à présent presque tout le plancher, laissant aux visiteurs fort peu d'espace pour circuler.

« Respire un peu l'odeur de l'argent qui règne en ce lieu, dit Louis-Dollard à Vincent. Y a-t-il au monde parfum plus capiteux ? Il transpire autant des murs que de la fortune empilée ici, et il a même imprégné ce que nous avons de plus précieux. »

Pour illustrer son propos, il s'empara de la brique qui trônait au sommet de la pyramide de papier-monnaie, la mit sous le nez de Vincent et le força à la sentir.

« Cette brique est la pierre angulaire sur laquelle repose l'édifice du Trésor familial passé, présent et à venir. Je l'ai moulée à même la glaise de la terre ancestrale. Si tu la cassais, tu trouverais à l'intérieur la toute première pièce qu'a gagnée ton grand-père : la Pièce Mère, d'où sont issues nos richesses.

— Je sais déjà tout cela », dit Vincent.

Cette remarque n'empêcha pas Louis-Dollard de répéter à son fils que la vieille pièce de monnaie était une matrice féconde et nourricière dotée de pouvoirs magnétiques, capable de générer des profits comme d'attirer les capitaux dans son giron. Sans elle, les économies s'écouleraient comme d'une passoire et les revenus feraient figure de misérables avortons.

« C'est pour garantir la sûreté de cette brique autant que celle de l'argent entreposé ici que j'ai fait blinder la porte au manganèse. Je l'ai aussi munie d'un dispositif de protection à toute épreuve. Quand elle est fermée, elle ne présente ni poignée, ni serrure, ni charnières apparentes, parce que tout son dispositif de verrouillage est encastré dans le plafond. Vois-tu ces trois grosses barres d'acier trempé qui sortent du linteau ? Elles servent de pênes et descendent du cadre pour venir s'insérer dans trois trous percés dans la traverse supérieure de la porte, bloquant ainsi son ouverture. Elles ne peuvent être actionnées que par une serrure camouflée juste au-dessus de nous, dans le salon. Maintenant, suis-moi en haut. Je vais t'en révéler l'emplacement et la combinaison. »

Vincent croisa les bras, signalant sa ferme intention de ne pas bouger.

« Est-il bien nécessaire de me mettre dans la confidence ? dit-il.

— J'ai juré à mon père, sur son lit de mort, de veiller sur la Pièce Mère et de la transmettre à mes héritiers.

— Au monastère, cette combinaison ne me sera d'aucune utilité.

— As-tu songé qu'en entrant en religion, tu mettras fin à notre lignée ? Au nom des prochaines générations, je te conjure de reporter ta décision et de t'accorder un an de réflexion avant de commettre l'irréparable. Rien ne t'empêche, d'ici là, de vivre dans le dénuement, si tu y tiens vraiment. »

La requête de Louis-Dollard était raisonnable et Vincent promit de la prendre en considération.

« Il faut se méfier de l'argent qui dort, dit-il à son père. Pourquoi ne pas utiliser ces piles de billets à bon escient ?

— Je ne connais pas meilleur usage aux dollars que l'accumulation.

— Notre pauvre maison est en ruine et aurait grand besoin d'être renippée, fit valoir Vincent. Une bonne couche de peinture, un sablage des parquets, le recarrelage de la cuisine ou des fenêtres neuves ne seraient pas du luxe ! »

Louis-Dollard émit alors le même grognement qu'il poussait chaque fois qu'il devait sortir son portefeuille.

« Ha ! Évidemment, ces grands travaux se feraient avec tes idées et mon argent... Eh bien, sache que cette folie m'a déjà coûté la peau des fesses et les yeux de la tête. Il est hors de question que j'y engloutisse un sou de plus. »

J'ai compris, à ce moment, que jamais mon vénéré fondateur ne m'avait considérée – et qu'il ne me considérerait jamais – comme le foyer familial. Que je n'avais toujours été, pour lui, qu'une grange. Une remise. Un entrepôt. Une banque. Un tiroir-caisse. Une vulgaire tirelire. Qu'il était inutile d'entretenir l'illusion que ce père dénaturé s'occuperait un jour de moi.

Un mouvement de révolte m'a ébranlée et mes fondations se sont mises à regimber. Sous la secousse, les murs de la chambre verte se sont lézardés et les pièces de monnaie en cuivre, qui ne tenaient qu'à la colle de lapin, sont tombées en pluie de la voûte.

«Que se passe-t-il? demanda Louis-Dollard en s'accrochant à sa brique. Est-ce que la terre tremble?

— C'est la maison qui a bougé», dit Vincent tout bas, comme si sa voix risquait de provoquer un autre séisme.

Louis-Dollard leva la tête pour constater l'étendue des dégâts et vit qu'il ne restait plus, au plafond, qu'une poignée de sous verdis. De toute évidence, une idée se formait dans son esprit, et je me demandais combien de temps il mettrait à comprendre le message que je lui envoyais. Soudain, la vérité lui apparut et son front se couvrit de sueur.

«Les pièces de monnaie... Elles forment des lettres.

— Quelles lettres?

— Regarde : on reconnaît ici un M, un A, un N, un E... Et puis là un T...»

Tout blême, il s'affala sur la pyramide de billets et se mit à réciter un chapelet de paroles incompréhensibles. Vincent, en face de lui, le considérait avec perplexité.

«Je ne comprends rien à ce que tu marmonnes. Manette et quoi?

— *Mane, Thecel, Phares,* articula Louis-Dollard d'un seul souffle. C'est ce qui est écrit sur la voûte!»

Impossible, serait-on porté à croire. Et pourtant, les lettres étaient indéniablement là. Même Vincent devait en convenir.

«Quelle curieuse coïncidence», fit-il.

Son père faillit sauter sur lui.

«Ce n'est pas une coïncidence, c'est une prophétie! Et elle annonce que je vais subir le même sort que Balthazar, dernier roi de Babylone : mes jours sont comptés, mon âme a été jugée insignifiante et mon patrimoine sera divisé.

— Voyons, calme-toi. Commençons par colmater les fissures avant que ces murs ne s'effritent davantage, puis tu recolleras les pièces de monnaie. Tu veilleras au patrimoine plus tard. »

Louis-Dollard sortit sa truelle et ses pinceaux, et se mit à l'ouvrage sans tarder. La semaine suivante, le mur était réparé, et même un œil exercé n'aurait pu détecter la moindre trace de dommage au plafond.

Ma prophétie, cependant, resta gravée dans sa mémoire – et j'espère de tout cœur qu'il se l'est rappelée avec effroi dans l'agonie de sa dernière heure.

Louis-Dollard a été enterré ce matin. En très petite pompe, il va sans dire : pas de couronne mortuaire sur le cercueil, pas de musique funèbre durant le service, pas de limousine dans le convoi, pas de goûter après les obsèques. On n'a même pas accroché de ruban noir à ma porte.

Au risque d'alimenter les rumeurs de suicide entourant les circonstances de sa mort, les Delorme ont fait à leur patriarche des funérailles conformes à ses dernières volontés : les membres du cortège se comptaient, littéralement, sur les doigts d'une main. Estelle marchait devant, suant dans son manteau de castor, les yeux aussi secs que la boîte en pin contenant la dépouille du défunt. Ses belles-sœurs la suivaient de près, bras dessus, bras dessous, chapardant au passage les gerbes de fleurs déposées sur les tombes. Vincent traînait la patte loin derrière, préférant sans doute se laisser distancer par elles. Il était encore ébranlé par la mort de son père, hanté par le souvenir de son corps recroquevillé sur le sol du garage et de ses lèvres bleuies par l'intoxication au monoxyde de carbone, affligé de n'avoir pu le réanimer pour lui annoncer la nouvelle de ses fiançailles, désespéré d'être arrivé trop tard pour faire modifier le testament.

Ils viennent à peine de rentrer du cimetière qu'Estelle les convoque dans le bureau du défunt. Elle les invite à s'asseoir devant elle pendant qu'elle s'installe dans le fauteuil pivotant du regretté disparu.

« Sa Majesté n'a pas accordé à Louis-Dollard la grâce d'expirer en odeur de sainteté, dit-elle, les mains bien appuyées sur sa panse replète. Il est mort en état de péché mortel, puisqu'il n'y a pas gaspillage plus scandaleux qu'un moteur tournant à vide. C'est regrettable, mais nous n'y pouvons rien. Il n'y a donc aucune raison d'attendre plus longtemps avant de procéder à la lecture du testament. »

Elle sort d'une chemise le document notarié reçu devant maître Wilfrid Labonté, le 11 septembre 1940, sous le numéro 6352 de ses minutes. Morula, Gastrula et Blastula s'agitent aussitôt sur leur siège, toutes dans l'expectative de la coquette somme que leur frère leur a promise en témoignage de son affection indéfectible, et également pour pallier les déficiences de leur allocation mensuelle, laquelle leur permet à peine de faire des économies. Vincent reste dans son coin sans broncher, comme si tout cela ne le regardait pas.

Il est pourtant sur le point d'hériter une des plus grandes fortunes de l'Enclave et, quand il aura mis la main sur le magot, il n'aura d'autre choix que de s'occuper de moi. Les avanies que j'ai subies seront enfin réparées et je pourrai bientôt montrer ma façade au reste du monde sans avoir à en rougir. Adieu fuites d'eau, peinture écaillée, ampoules grillées, vitres fêlées, bois pourri et joints décrépits ! En moins d'une saison, je serai sortie de ma déchéance et je ferai l'envie de toutes les maisons du quartier. Je me prends même à rêver de marbre véritable dans mon entrée, de quincaillerie en laiton poli, de plafonds à caissons, de boiseries en acajou et de parquets de bois franc. Voyant Estelle mettre ses lunettes et s'apprêter à lire, j'ouvre grandes les oreilles de mes murs pour ne perdre aucun mot des dernières volontés de mon négligent fondateur.

«*Moi, Louis-Dollard Delorme, ayant les facultés requises pour tester, je recommande mon âme à Sa Majesté et m'en remets à ses œuvres.*

«*À Vincent, mon fils issu de mon union avec Estelle Monet, je donne et lègue la nue-propriété des biens meubles et immeubles qui composeront ma succession, y compris la maison familiale.*

«*À dame Estelle Monet, mon épouse bien-aimée, je donne en usufruit et jouissance l'universalité desdits biens meubles et immeubles. Cet usufruit cessera si elle contracte un second mariage, sinon à sa mort.*

«*À demoiselles Morula, Gastrula et Blastula, mes sœurs, je laisse les vêtements et autres effets personnels dont je les ai généreusement pourvues.*»

Estelle se racle la gorge triomphalement et ouvre le tiroir pour ranger le document. Les visages des trois harpies assises devant elle s'allongent et s'étirent vers le bas, jusqu'à ce qu'elles se lèvent d'un bond et sortent du bureau comme des ouragans.

«Ne t'inquiète pas pour tes tantes, dit Estelle à son fils. Elles finiront par s'en remettre.»

Ce ne sera malheureusement pas mon cas. Leur indignation n'est rien comparée à la rage qui s'empare de moi et s'en prend autant à ma précipitation qu'à ma négligence. Car j'ai eu ce testament sous les yeux à maintes reprises au fil des ans : Louis-Dollard avait l'habitude de le sortir du tiroir et de le réexaminer à chacun de ses anniversaires. Le document me semblait compliqué, ennuyeux, et je me suis toujours contentée d'en parcourir les deux premières clauses à la hâte.

Assurée que Vincent hériterait un jour de tous les biens, y compris ma personne, j'arrêtais là ma lecture. Comment aurais-je pu me douter que la clause suivante l'empêchait de disposer de sa fortune avant qu'Estelle n'ait d'abord rendu l'âme? Me voilà donc, par ma faute, telle la laitière de la fable : Gros-Jean comme devant – et en grand danger d'être persécutée par notre matrone.

Celle-ci a cependant d'autres priorités pour l'instant et ne perd aucune minute à en fixer l'ordre.

« J'ai reçu hier un appel de M. Knox, annonce-t-elle de but en blanc. Il voulait me présenter ses condoléances et, par la même occasion, m'a offert d'acheter notre immeuble d'appartements à sa juste valeur marchande. Comme il s'est engagé à payer comptant, j'ai décidé d'accepter sa proposition, si tu n'y vois pas d'inconvénient. L'entretien de cet immeuble nous coûte de plus en plus cher et je serai soulagée de ne plus avoir à m'en occuper. »

En tant qu'usufruitière, Estelle a-t-elle le droit de vendre ainsi les propriétés foncières? Je ne suis pas notaire, mais il me semble que cette manœuvre ne respecte aucunement les dernières volontés de Louis-Dollard, dont la foi en la valeur tangible de l'immobilier était inébranlable. J'attends une réaction de la part de Vincent, un sursaut de révolte, un plaidoyer en sa propre défense. Il se contente de pousser un soupir et de demander, avec une pointe d'anxiété :

« Le produit de la vente représentera sûrement une montagne de billets. Où penses-tu entreposer tout ça?

— La chambre verte n'est pas encore remplie au maximum de sa capacité. Il restera même assez de place pour la dot de Penny, si c'est ce qui te préoccupe. À ce sujet, j'ai pris l'initiative de rédiger un contrat de mariage sous le régime de la communauté de biens, lequel prévoit que l'épouse nous remettra, le jour de ses noces, une dot de trente mille dollars. »

Vincent se garde bien de détromper sa mère et de lui révéler le montant négligeable auquel se réduit la fortune de Penny.

« Je suis encore très éprouvé par la mort de mon père, dit-il. Il serait préférable de mettre ce projet en veilleuse jusqu'à la fin de notre période de deuil.

— Au contraire ! Ton père tenait à cette union et il n'y a pas meilleure façon d'honorer sa mémoire que d'y procéder au plus tôt. Et puis, dois-je te rappeler que nous avons dépensé énormément d'argent pour gagner Penny à ta cause ? Il est de ton devoir filial de m'aider à récupérer cet investissement. D'ailleurs, j'ai invité ta fiancée à venir nous offrir ses condoléances, et elle doit passer ici pas plus tard que cet après-midi. J'entends bien profiter de sa visite pour lui faire signer le contrat.

— Il me semble que tu vends la peau de l'ours avant de l'avoir tué. Penny n'est pas aussi naïve que tu le crois.

— Justement, elle comprendra qu'il est dans son intérêt de joindre sa fortune à la nôtre. »

Sur ce point, du moins, je ne peux la contredire. Surtout quand on considère que la fortune de notre locataire s'élève, en tout et pour tout, aux cinq cents dollars qu'elle nous doit en loyers arriérés. Cette union sera pour elle ce qu'on appelle une bonne affaire.

☙

Quand Penny se pointe enfin, sur le coup de quatre heures, Vincent l'accompagne au salon, où Estelle les attend, allongée sur le canapé, le dos de la main reposant sur son front plissé, imitation si réussie d'une veuve éplorée que, pour un peu, je m'y laisserais prendre moi-même.

«Approche-toi, chère enfant, et viens t'asseoir à côté de moi, dit-elle de sa voix la plus chevrotante. Ta présence est un tel réconfort en ces temps de malheur.

— Mes condoléances, madame Delorme. Rien ne peut combler votre perte, mais je vous ai tout de même apporté un peu de sucre à la crème, pour alléger votre peine. »

Estelle se dresse sur son séant et un filet de bave s'échappe à la commissure de ses lèvres.

«Quelle délicate attention! Je n'en attendais pas moins de toi. Tu es bonne à marier et mon fils a fait un choix éclairé en demandant ta main. Ton arrivée au sein de la famille nous profitera grandement. Il ne reste qu'à fixer une date pour l'heureux événement. Que dirais-tu du 2 octobre prochain?»

Penny, prise de court, consulte Vincent du regard avant de répondre:

«Rien ne presse, il me semble. Il faudrait d'abord publier les bans.

— Est-ce bien nécessaire? Il est dommage qu'un décès soit venu jeter une ombre sur nos réjouissances, mais la vie doit suivre son cours, et le temps est précieux. Pour accélérer les choses, je me suis permis de préparer un contrat que tu n'as qu'à signer sur la ligne du bas.

— J'aimerais d'abord en prendre connaissance et solliciter l'opinion d'un notaire.

— Pourquoi tant de précautions? Un bon mariage n'est-il pas fondé sur la confiance?

— Pas sur une confiance aveugle, cependant.

— Entre ses devoirs matrimoniaux et ses devoirs conjugaux, une jeune mariée n'a ni la tête ni le cœur à la finance. La prudence exige qu'elle remette la gestion de ses affaires entre les mains capables d'un époux qui veillera au grain.

— Aurais-je au moins droit à une allocation hebdomadaire ?

— Tu n'auras pas besoin d'argent quand tu emménageras ici. Il est entendu que tu seras logée, nourrie et blanchie.

— Comment ferai-je pour payer les vêtements, les articles de toilette, les livres et autres objets nécessaires à mon entretien ?

— Un simple formulaire de requête servira à tes avances de fonds. Une fois dûment rempli et signé, il devra, bien sûr, être soumis à mon approbation. »

Penny s'accorde quelques instants de réflexion, durant lesquels elle considère attentivement la pendule sur le manteau de la cheminée.

« Y a-t-il une clause au contrat qui prévoit la radiation de ma dette envers vous ? »

Estelle se tourne vers son fils, aussi perplexe qu'affolée.

« De quelle dette parle-t-elle ?

— Voilà des mois qu'elle néglige de payer son loyer, répond-il avec un semblant de désinvolture.

— Les petites indulgences de ton père n'ont pas fini de nous coûter cher et, encore une fois, c'est moi qui devrai me sacrifier pour réparer les pots cassés. À combien s'élève la créance ?

— Cinq cents dollars, plus les intérêts. »

Notre matrone essaie de se dominer du mieux qu'elle peut, mais le courroux qui la ronge perce à travers son ton mielleux :

« Ma chère Penny, tu porteras bientôt notre nom et je préfère te prévenir que, sous aucun prétexte, il ne sera toléré que tes dettes viennent le déshonorer. Ces loyers en souffrance, il faudra les acquitter aujourd'hui même, car nous avons une succession à régler et des livres à équilibrer... »

Penny triture nerveusement les trois rangs de son collier de perles avant de répondre :

« J'ai bien peur de ne pas être solvable : il ne me reste plus un sou.

— Voyons, il est impossible que tu aies déjà vidé ton compte en banque !

— À vrai dire, il n'a jamais été aussi bien rempli que je le prétendais. J'ai ajouté de ma main trois zéros au solde inscrit dans mon livret pour convaincre M. Delorme de ma solvabilité.

— Essaies-tu de me faire croire que les ventes de ton jeu n'ont rapporté que trente misérables dollars ?

— Pour tout vous avouer, je n'ai rien à voir avec l'invention de Coffre-fort non plus... »

Le visage d'Estelle s'empourpre au point de virer bleu et la fumée est près de lui sortir par les naseaux.

« Je suppose que les perles de ton collier sont fausses aussi, espèce de sale petite aventurière ! Tu t'es immiscée chez nous dans l'espoir d'épouser mon fils et de vivre à nos crochets pour le restant de tes jours. Eh bien, tu vas voir de quel bois se chauffent les Delorme. Sache que tu seras expulsée de ton logement aujourd'hui même et poursuivie en justice pour faux et usage de faux. Ton compte est bon, gredine. J'appelle immédiatement la police. »

Estelle saisit le téléphone et son index s'active frénétiquement sur le disque du cadran.

« Attends un peu ! intervient Vincent. Essayons d'abord de nous entendre à l'amiable.

— Oui, renchérit Penny. Si vous m'envoyez en prison, vous ne récupérerez jamais votre argent. Permettez-moi plutôt de faire amende honorable et de vous offrir réparation. »

Estelle arrête de composer le numéro d'urgence, mais ne repose pas le combiné.

« Le dédommagement que tu me proposes a intérêt à être avantageux.

— Je travaillerai pour vous gratuitement, jusqu'à ce que j'aie remboursé l'équivalent de ce que je vous dois, y compris toutes les sommes supplémentaires que vous avez engagées pour moi. Je ferai le ménage, la lessive, les courses, la cuisine... »

L'idée d'avoir une servante à si bon compte ne déplaît pas à Estelle, surtout que ses belles-sœurs ne sont plus aussi vaillantes qu'avant. Cependant, elle hésite encore à laisser le loup entrer dans la bergerie.

« Es-tu prête à me servir jour et nuit, à dormir au sous-sol et à te nourrir de restes, pour limiter tes frais de pension ?

— Bien entendu. Je vous obéirai avec tant d'empressement que vous n'aurez pas à regretter votre magnanimité.

— Alors j'accepte ta proposition.

— Je vais préparer mon déménagement sans délai. Ainsi, vous n'aurez pas à payer un huissier pour m'expulser de mon logement. »

Comme Penny se lève et s'apprête à partir, Estelle lui tend sa paume ouverte :

«Pas si vite, jeune fille. Puisque les fiançailles sont rompues, rends-moi immédiatement la bague que tu portes au doigt.»

Penny regarde briller les diamants. Au lieu de retirer la bague de son annulaire, cependant, elle retrousse les lèvres et, d'un frémissement presque imperceptible, montre les dents. Je crois même qu'elle émet un grognement menaçant.

De justesse, Vincent s'interpose entre les deux femmes, non pour protéger sa mère, mais pour mieux l'affronter.

«Elle peut garder la bague, dit-il. Car, ne t'en déplaise, je l'aime d'autant plus qu'elle est pauvre et j'ai toutes les intentions de l'épouser quand sa dette sera remboursée.

— Tu me fais rire avec tes enfantillages. D'ici là, tu as le temps de changer vingt fois d'idée.»

Elle le pousse de côté sans ménagement et s'adresse à sa nouvelle servante :

«Toi, tu devras te tenir loin de mon fils. Je t'interdis de lui parler, de le regarder et de respirer le même air que lui. Toute infraction à ce règlement entraînera ton expulsion immédiate de la maison.»

Sur ce, elle leur ordonne de sortir et, pas mécontente d'elle-même, s'offre un carré de sucre à la crème en récompense. Son regard, aussitôt, s'illumine.

«Par Sa Majesté! s'écrie-t-elle. Il a exactement le même goût que celui de Gisèle!»

À genoux sur le plancher, Penny laisse tomber la brosse dans le seau d'eau savonneuse et s'essuie les mains sur son tablier avant de relever avec lassitude la mèche de cheveux qui pend devant ses yeux. Elle vient de passer la matinée à frotter le sol et, malgré les efforts vigoureux qu'elle a déployés à lui refaire une beauté, le linoléum gris, usé jusqu'à la corde, résiste et reste terne – tout comme les meubles qu'elle a énergiquement astiqués hier au cirage à chaussures. Je ne veux pas lui faire de peine, mais elle se gerce les dix doigts en pure perte : jamais elle ne redonnera du lustre à ce qui n'en a jamais eu.

C'est pourtant ce qu'exige Blastula, qui, tel un caporal à la manœuvre, surveille Penny du haut de l'escalier. De temps à autre, elle descend, armée d'une loupe et de ses gants en caoutchouc jaune serin, et procède à une inspection en règle des travaux exécutés. Elle cherche la poussière en passant son index sur le rebord des fenêtres, entre les lamelles des stores et au fond des tiroirs, chasse la crasse au cure-dent jusque dans les plus infimes interstices, traque les toiles d'araignées dans toutes les encoignures. Dieu merci, nous n'avons aucune pièce d'argenterie à polir : notre pauvre servante ne suffirait pas à la tâche.

À midi, Morula prend la relève et conduit Penny dans la buanderie, où elle dispense chaque jour son lot de nouvelles instructions. Elle qui ne lavait les draps qu'une fois par mois exige maintenant que les lits soient changés toutes les semaines. Elle s'attend à ce que Penny redonne l'apprêt du neuf aux chemises en les trempant d'abord dans l'empois, puis en les repassant – à l'envers et à l'endroit. Les sous-vêtements doivent macérer une nuit entière dans une solution de borax et de bicarbonate de soude, et sont essorés le lendemain à la main, afin de préserver le caoutchouc de leurs élastiques; comme il serait indécent de les exposer sur la corde, à la vue des voisins, ils sont suspendus dans un coin discret de la buanderie, sur un séchoir à linge. Cet après-midi, Morula lui remet un pan de rideau brûlé par le soleil.

«Tu reteindras ça à temps perdu, dit-elle quand elle se rend compte qu'il est déjà quatre heures passées. Maintenant, grouille-toi! Gastrula t'attend dans la cuisine.»

Ah! la préparation des repas! Voilà qui représente, pour notre jeune recrue, un entraînement en soi. Non pas que les plats au menu requièrent une expertise particulière – bien au contraire. Mais la liste des règlements édictés pour éviter le gaspillage d'eau, d'électricité et de denrées est si longue que Penny en oublie la moitié. Il est interdit de laisser couler le robinet. La porte du réfrigérateur doit être refermée pas plus de cinq secondes après avoir été ouverte. Quant au four, il n'est pas chauffé avant que l'on ait à y cuire au moins trois plats. Jamais les légumes ne sont pelés; ils sont bouillis entiers, et l'eau de leur cuisson sert de base à une sorte de soupe aux vermicelles assaisonnée d'une boîte de tomates étuvées. Les viandes, en revanche, sont parées de leur gras, lequel remplace le saindoux dans diverses recettes. Les trognons de choux, les cœurs de pommes et les pelures d'oranges sont transformés en ketchup ou en marmelade. Hachées menu, les fanes de radis, les queues de fraises et les feuilles de céleri entrent dans la composition de salades aussi amères que coriaces. Les têtes des poissons, ainsi que leurs entrailles, sont passées à la moulinette et pochées pour former des cylindres qui n'ont de quenelles que le nom.

Les soirées de Penny ne sont pas moins occupées. Après la vaisselle du souper, elle se retire dans la buanderie, où Estelle lui a permis de dresser un lit de camp. Là, elle reprise les chaussettes trouées, reprend les ourlets, recoud les boutons, retisse les franges des carpettes ou reboucle les fils tirés des serviettes éponges. À dix heures, elle fait sa toilette dans l'évier de cuisine. Malgré son extrême fatigue, elle n'est jamais pressée d'aller se coucher. Elle se force à rester éveillée et, munie d'une faible bougie, va faire un tour au salon à pas de souris. Elle s'arrête devant le manteau de la cheminée et examine la pendule anniversaire sous tous ses angles : elle retire le globe de verre, manipule les roues dentées, fait tourner les aiguilles et les boules dorées du balancier. Elle descend enfin dans l'ancienne soute à charbon et se faufile derrière le réservoir à mazout jusqu'à la porte d'acier; elle glisse la main le long du périmètre, sonde le panneau par petits coups répétés. Ce soir, elle reste immobile et se contente d'examiner l'huis mystérieux avec une certaine perplexité. Quand elle entend quelqu'un approcher, elle éteint sa bougie et se cache prestement derrière le réservoir.

«Ah, c'est toi, dit-elle, soulagée de voir la silhouette de Vincent se profiler dans l'encadrement de la porte. Tu ne devrais pas être ici. Si ta mère nous trouve ensemble, je serai renvoyée et livrée aux autorités.

— Qu'est-ce que tu fais?

« — Je cherche le moyen d'ouvrir cette porte.

— Je m'en tiendrais loin, si j'étais toi.

— Je sais très bien ce qui se cache derrière et je n'ai pas peur d'une simple chambre forte.

— Comment as-tu deviné? Ma tante Morula aurait-elle trop parlé?»

Penny s'extirpe de derrière le réservoir en prenant soin de ne pas salir ses vêtements et va rejoindre Vincent.

«En fait, je tiens ce renseignement de mon père, qui était menuisier. Quand cette maison était encore en chantier, il fut choisi, parmi tous les ouvriers, pour installer cette porte et son dispositif de sûreté.»

Décidément, cette jeune fille est une source inépuisable de cachotteries.

«Vraiment? réplique Vincent. Il peut s'estimer heureux de ne pas avoir été emmuré vivant dans la chambre verte, comme les esclaves qui connaissaient les secrets des pyramides.

— Ton père ne l'a pas quitté d'une semelle pendant toute la durée des travaux et il a pris d'infinies précautions pour le tenir à l'écart de la pendule anniversaire, où est dissimulée la serrure à secret.

— Ma mère t'a fort mal jugée, en fin de compte. Tu n'es pas une aventurière: tu es venue pour nous cambrioler!»

Malgré le ton accusateur de ses paroles, il a l'air plutôt amusé.

«Il est vrai que ma présence ici n'est pas innocente. Mais mon but est de redresser une injustice, pas de commettre un délit.

— Si ton père n'a pas été dûment rémunéré, je veillerai à ce que tu sois dédommagée.

— Il a été payé rubis sur l'ongle, en argent comptant – peut-être pas beaucoup, mais suffisamment.

— Alors quel tort ma famille a-t-elle bien pu te causer?

— Un tort considérable et, je le crains, irréparable. La bague que tu m'as passée au doigt, vois-tu, a autrefois appartenu à ma mère.

— Mais qui es-tu donc?»

Penny se dresse sur la pointe des pieds et lui glisse à l'oreille:

«Je suis la fille de Gisèle Delorme.»

☙

Je suis aussi abasourdie que Vincent par cette révélation. Je scrute le visage de Penny, je le compare au souvenir que j'ai gardé de sa mère et je leur trouve, en effet, un vague air de famille. Car j'ai déjà vu Gisèle en personne. C'était environ six mois après la mort de Prosper. Ma construction était alors presque achevée, il ne restait qu'à munir la chambre verte d'une porte blindée.

Je me rappelle très nettement le jour où elle s'est présentée ici avec un enfant dans les bras. Comment l'aurais-je oublié? Il avait neigé la veille et mon entrée n'était pas encore déblayée. Gisèle grelottait dans son manteau de drap et tenait son petit si serré contre sa poitrine qu'on l'entendait à peine geindre. Elle a sonné à la porte et, par la plus grande des malchances, c'est Estelle qui lui a répondu. N'ayant pas été invitée à entrer dans le vestibule, elle a expliqué la raison de sa venue sur le perron, les pieds dans la neige et les joues fouettées par la bise.

Oscar avait laissé sa famille dans la dèche, a-t-elle dit, et dépendante de l'assistance publique. Or, Philippe était un enfant chétif, trop faible pour résister à la misère de la soupe populaire et d'un logement mal chauffé. Il avait contracté une pneumonie et, malgré les soins qu'elle lui avait prodigués, sa fièvre s'était mise à grimper. Comme un malheur n'arrive jamais seul, le propriétaire du logement s'était présenté avec un huissier et elle avait été expulsée; le peu de meubles qu'elle possédait avaient été confisqués pour rembourser son créancier.

À la rue et désespérée, la jeune veuve avait eu la naïveté de penser qu'elle pouvait se recommander à la charité des Delorme et elle avait dépensé ses derniers sous pour s'acheter un billet de tramway. Elle ne demandait pas grand-chose : un prêt de trois fois rien, juste de quoi payer le médecin.

«Je doute que tu aies les moyens de me rembourser avant un bon bout de temps, lui a répondu Estelle, et je risque même de ne jamais revoir la couleur de mon argent. Cependant, tu possèdes une fort belle bague à diamants. À quoi te sert-elle, dès lors que ton époux n'est plus de ce monde?»

Oscar, sur son lit de mort, avait fait promettre à son épouse de ne jamais se séparer de sa bague. Or, comment tenir un serment quand on est réduit à la dernière extrémité? Gisèle a donc accepté l'offre d'Estelle : trente misérables dollars en échange d'un bijou qui en valait au bas mot dix fois plus.

❧

«Je n'ai aucune difficulté à te croire, dit Vincent après que Penny lui a raconté les grandes lignes de cette histoire.

226

En toute franchise, plus rien ne m'étonne de la part de ma mère.»

Les fiancés ont pris place, aussi confortablement que possible, sur le petit lit de camp de la buanderie, à la lueur de la lampe témoin du chauffe-eau, qui laisse échapper un ronron de temps à autre.

«À cette époque, mon père avait près de quarante ans et il était encore vieux garçon, poursuit Penny. Il n'avait jamais songé à modifier sa situation jusqu'à ce qu'il rencontre Gisèle en sortant d'ici. Il lui a trouvé une chambre chez une de ses sœurs et il a aussi fait soigner l'enfant. Les deux se sont mariés le mois suivant et je suis née quelques années plus tard.

— Voilà comment nos familles se sont croisées...

— Les contes d'oncles fortunés, d'héritage volé, de chambre forte cachée ont bercé mon enfance. Souvent, je m'amusais à en changer la fin, imaginant Philippe dans le rôle du justicier qui dépouillait les Delorme de leurs biens et les condamnait à finir leurs jours sur la paille. Mon frère n'aurait jamais mis un tel projet à exécution, car il était moins malicieux qu'un mouton. De toute façon, il n'en aurait pas eu la force : la pneumonie infantile dont il avait été sauvé *in extremis* avait affaibli sa constitution, et il était confiné dans son lit la plupart du temps.

— J'ai appris l'existence de mon cousin seulement l'an dernier et j'ai découvert par quelle tricherie ma mère avait détourné son héritage. J'ai essayé de le retracer afin de lui offrir réparation, mais on m'a dit qu'il était décédé.

— Quand il est mort d'une rechute, à l'âge de douze ans, j'ai juré, sur sa tombe, que je veillerais à ce que sa part ne profite pas à ceux qui l'avaient si mal acquise. La vengeance est la seule raison de ma présence ici.»

Vincent la prend par la taille et la serre contre lui.

«Je ne demande pas mieux que de t'aider, dit-il. La restitution de l'héritage volé est l'unique façon d'expier notre .crime. Malheureusement, seule ma mère sait comment ouvrir la chambre verte et, même sous la torture, elle ne pourra être convaincue de livrer son secret.

— C'est dommage, parce que j'ai tourné les rouages de la pendule et les aiguilles de son cadran dans tous les sens sans provoquer le moindre déclic. Je suis près de m'avouer vaincue.

— Retrouve-moi au salon demain soir, à onze heures. Nous chercherons la solution ensemble. À deux, nous viendrons sûrement à bout de la combinaison.»

❧

Pendant qu'ils se font tendrement leurs adieux au bas de l'escalier, je me réconforte à l'idée d'avoir maintenant deux alliés. J'ai le pressentiment que le règne d'Estelle est sur le point de s'achever. Il faudra être vigilant, cependant, car la vieille est méfiante et elle a le sommeil léger.

Elle a entendu Vincent marcher au rez-de-chaussée et, quand il remonte à sa chambre, elle l'intercepte sur le palier.

«Pour quelle raison te promènes-tu en pleine nuit?»

Avec une présence d'esprit que je lui envie, il répond le plus innocemment du monde qu'il a été réveillé par un bruit suspect et qu'il est allé vérifier si la porte d'entrée était bien fermée à clef.

« Nous sommes en parfaite sécurité, ajoute-t-il. Tu peux aller te coucher et dormir rassurée. »

Mais Estelle a un sommeil agité. Elle se tourne et se retourne dans son lit jusqu'au petit matin, creusant de plus en plus le vieux matelas sous son poids.

La graine noire que Vincent a semée, sans le vouloir, dans les pensées de sa mère va nous compliquer considérablement la vie.

Je me sens ce matin comme si j'étais passée devant un peloton d'exécution. Dix nouveaux trous ont été percés dans mes portes, lesquels seront bientôt comblés par dix nouvelles serrures, dont chacune aura sa propre clef. Ces dix clefs iront s'ajouter aux soixante-sept qui lestent déjà le trousseau de notre geôlière en chef, et j'ai nommé Estelle.

Craignant d'éveiller la curiosité malsaine des serruriers, lesquels sont tous de mèche avec les cambrioleurs, selon ses dires, elle a confié l'ouvrage à Vincent et supervise elle-même toutes les étapes de son exécution. Elle lui a aussi ordonné de couper les arbustes du jardin et d'abattre l'épinette qui me faisait de l'ombre, au cas où une bande de brigands aurait l'idée de s'y embusquer.

C'est la vente de notre immeuble d'appartements qui a rendu nécessaire ce renforcement des mesures de protection, puisque le faramineux produit de la transaction (réglée en argent comptant) est allé grossir le Trésor, dans la chambre verte. Depuis, la méfiance d'Estelle à l'égard du facteur, du releveur de compteurs d'électricité, des distributeurs de tracts électoraux, des livreurs, des témoins de Jéhovah et de toute autre personne qui s'avise de franchir le périmètre de ma propriété a atteint des proportions alarmantes. Au moindre bruit, elle se met à crier : « Au voleur ! » et agrippe son trousseau, prête à le défendre bec et ongles, même au prix de sa vie s'il le faut.

Elle espère que les serrures additionnelles lui apporteront la tranquillité d'esprit, mais permettez-moi d'en douter. Car en plus de se défier de Penny, elle soupçonne Morula, Gastrula et Blastula de comploter dans son dos pour mettre la main sur son argent. Les trois belles-sœurs n'ont pas caché leur ressentiment d'avoir été si peu avantagées par le testament de Louis-Dollard : et si elles trouvaient le moyen d'entrer dans la chambre verte ? Ne faudrait-il pas leur interdire l'accès au salon et à la pendule ?

Seul Vincent mérite sa confiance – et encore : lorsqu'il lui remet les nouvelles clefs, elle se demande s'il n'en aurait pas gardé des doubles par-devers lui… C'est à ce moment qu'une certitude s'impose à elle avec la force de l'évidence : toutes les serrures du monde ne sauraient remplacer la vigilance et le flair d'un chien de garde. Et qui est mieux placé qu'elle pour tenir ce rôle de cerbère ?

Après le souper, pendant que Penny leur sert à tous une tasse d'eau chaude au salon, elle expose à son fils son nouveau plan :

« Demain à la première heure, tu descendras mon lit ici et tu l'installeras devant la cheminée. Je dormirai dorénavant dans cette pièce et personne ne pourra y entrer sans mon autorisation expresse. »

Vincent se retient pour ne pas lancer un regard inquiet à sa complice. Il est entendu que si Estelle interdit l'accès à la pendule, ils n'auront plus d'autre occasion de trouver la combinaison de la chambre verte après ce soir. Or, malgré leurs efforts de plusieurs nuits et la multiplication des essais, ils sont toujours aussi loin du but : la porte demeure obstinément fermée et le magot, hors de portée.

Estelle est si satisfaite de sa décision qu'elle se permet une petite incartade. Elle envoie Penny chercher de la mélasse à la cuisine et, après avoir ouvert le panneau latéral du secrétaire en acajou plaqué, elle extrait le bocal de Postum de son compartiment secret. Aussitôt, les trois sœurs s'agitent dans leur fauteuil en se frottant les mains. Leur avidité de parasites agace visiblement Estelle, qui se montre aussi parcimonieuse que possible en préparant leurs boissons et ne se presse surtout pas pour réciter les versets rituels, auxquels elle apporte sa touche personnelle :

« Qu'est-ce qui sonne ?

— L'heure du Postum.

— Qui le prépare ?

— La mère Delorme.

— Quel est son secret ?

— Six tours à droite, trois à gauche, cinq à droite, deux dans le sens inverse.

— Qui le connaît ?

— Quatre boules d'or.

— Qui en boira ?

— L'héritier du Trésor. »

Vincent la regarde tourner lentement sa petite cuiller dans les tasses en alternant entre le sens des aiguilles d'une montre et le sens antihoraire, selon la prescription de la formule : six fois, puis trois, puis cinq, puis deux. Les rotations capricieuses de la cuiller évoquent soudain en lui une image incongrue : elles lui font songer, il ne sait pourquoi, aux oscillations d'un pendule de radiesthésiste qui viendrait de déceler, sous la surface de la terre, les résonances de l'or. Ou d'un trésor.

Quand Estelle distribue enfin les tasses, le Postum est presque froid. Mais Vincent n'en a cure. Une idée lumineuse vient de lui traverser l'esprit – et plus il y pense, plus il est convaincu de détenir enfin la solution à l'énigme de la combinaison.

☙

Il est onze heures et, à l'étage, Morula, Gastrula et Blastula dorment d'un sommeil profond. Estelle aussi a fini par s'assoupir d'épuisement, la tête bien campée sur ses oreillers.

Vincent attend Penny en faisant les cent pas au salon et, dès qu'il l'entend approcher, il va à sa rencontre et l'entraîne devant la pendule. Relevant ses manches tel un prestidigitateur sur le point de sortir un lapin de son chapeau, il soulève le globe de verre de la pendule et le dépose sur le manteau de la cheminée.

«Je crois que la formule rituelle des Delorme a été composée pour servir d'aide-mémoire, dit-il. Je suis même certain que le mécanisme d'ouverture n'est pas actionné par les aiguilles du cadran, mais par les quatre boules d'or du balancier. J'en mettrais ma main au feu.»

De l'index et dans le sens horaire, il imprime une légère poussée aux boules dorées jusqu'à ce que le balancier ait effectué six révolutions complètes autour de l'axe fixe constitué par son ressort de torsion. Il poursuit le même manège en suivant à la lettre les directives de la phrase cérémonielle : trois tours à gauche, cinq à droite, deux dans le sens inverse.

Il n'a pas sitôt terminé qu'on entend, sous le plancher, le grondement sourd d'un verrou qui se déclenche. Penny passe ses bras autour du cou de Vincent, murmure son nom et l'embrasse de toutes ses forces.

«Dépêchons-nous d'en finir, dit-elle encore. *Time is money...*»

Ils descendent au sous-sol en courant et allument chacun une bougie pour s'éclairer. Ils traversent la chaufferie en retenant leur souffle et s'arrêtent, tremblants, devant la porte grande ouverte, comme s'ils s'apprêtaient à plonger dans un autre élément. Vincent prend alors Penny par la main et, d'un même élan, ils pénètrent dans la chambre verte.

À la lueur vacillante des flammes, les murs sont encore plus glauques et, au plafond, les pièces de monnaie brasillent avec un éclat malsain; même le portrait de Sa Majesté en exercice, notre bonne reine Élisabeth II, semble étrangement sinistre. L'odeur envahissante de l'oxyde de chrome calciné prend à la gorge, et il faut quelques instants à Penny avant de pouvoir émettre un long sifflement devant les liasses empilées avec une précision géométrique.

«Es-tu bien certain de vouloir renoncer à tout cela? demande-t-elle. Tu pourrais en garder une partie...»

D'un botté furieux, Vincent envoie valser une volée de billets en l'air.

«Cet argent est aussi empoisonné que le vert-de-gris qui gruge la voûte. Si je touche à un seul dollar du lot, j'aurai l'âme embrouillée par sa corruption et je ne résisterai pas à la tentation de conserver la fortune en entier.

— Alors pourquoi ne pas en faire don à la charité?

— Peut-être qu'en d'autres circonstances et en d'autres lieux, les billets de banque sont des papiers inoffensifs, une simple monnaie d'échange entre les deux parties d'une honnête transaction. Pas ceux-ci. Ils croupissent depuis si longtemps dans cette pièce qu'ils ont absorbé le sens perverti de l'économie des Delorme, leur avarice, leur goût du lucre, leur cupidité. Par leur immobilité, ils ont acquis une telle force d'inertie qu'ils résistent à toute tentative d'être dépensés, et à leur contact, on se sent pris d'un besoin irrationnel d'accumuler et de thésauriser. Même les meilleures intentions du monde ne sauraient changer leur nature maléfique profonde.

— C'est ce que je pense aussi, approuve Penny. Alors nous n'avons pas le choix : il faut détruire ces billets jusqu'au dernier. »

Je crois d'abord qu'elle plaisante, mais l'air solennel des fiancés ne laisse planer aucun doute sur la fermeté de leur résolution. Avant que je puisse tenter quoi que ce soit pour les arrêter, ils renversent chacun leur bougie sur la pile de papier et reculent à bonne distance du feu. Les billets s'embrasent d'abord lentement, puis se mettent à cracher des flammes d'un vert ardent qui se propagent au reste du magot avec un grand bruit de succion. La fumée qui s'élève de la fournaise est noire et épaisse, et barbouille de suie le triste portrait de Sa Majesté. Sous sa voûte teintée d'une phosphorescence surnaturelle, la chambre verte est transformée en chapelle ardente alors que son contenu entier brûle et crépite comme du verre qui éclate. Le brasier me fait craindre un incendie, mais il reste confiné entre les murs épais de l'ancien caveau et s'apaise au fur et à mesure que le papier des billets se consume. Je ne sens presque plus sa chaleur vénéneuse irradier.

Penny et Vincent se réfugient dans la chaufferie en toussant. Ils semblent néanmoins aussi soulagés l'un que l'autre.

«Justice a été rendue, n'est-ce pas? dit Penny.

— Ma mère ne l'entendra pas de cette façon. Elle voudra sûrement nous faire jeter en prison.

— Mieux vaut déguerpir, alors.

— Je ne tiens pas à rester ici une minute de plus. Ma valise est déjà dans le vestibule. Et la tienne?

— Il ne me reste qu'à la boucler. Où irons-nous?

— Hors de l'Enclave, d'abord. Ensuite, nous verrons.»

Il y avait, dans ce trésor, assez d'argent pour bâtir une maison au moins vingt fois plus grande que moi, et je dois accepter, avec douleur, que je ne serai ni entretenue, ni réparée, ni restaurée de sitôt. Malgré tout, je me sens allégée d'un poids considérable – comme si les billets de banque étaient la gangrène à l'origine de ma décrépitude et que leur holocauste m'en avait purifiée. Pour moi, comme pour Penny et Vincent, c'est jour de libération. Mais avant de me séparer définitivement de la chambre verte qui me retient au passé, j'ai encore un dernier compte à régler. Une dernière victime à immoler.

☙

Quand la fumée atteint l'étage, Penny et Vincent ont quitté les lieux depuis longtemps. Ils sont partis sans se retourner, comme deux voleurs dans la nuit. Ils ne m'ont même pas dit adieu. Je ne leur en veux pas de m'avoir abandonnée: c'est dans l'ordre des choses. Ils sont jeunes, ils doivent vivre leur vie et pas celle que la famille a décidée pour eux. Je regrette simplement qu'ils ne puissent assister au spectacle qui se prépare.

L'odeur âcre ne tarde pas à réveiller Estelle, qui se lève d'un bond et appelle Vincent à l'aide. Comme il ne répond pas, elle se précipite dans sa chambre et aperçoit les étagères vides, le tapis roulé, le matelas replié. Il ne lui faut pas plus de deux secondes pour comprendre que quelque chose de grave est arrivé.

Elle descend au salon en grande hâte et se rend compte que le globe de verre n'est plus à sa place sur la pendule. Elle se met à courir de tous côtés, agitant les clefs de son trousseau comme un lépreux sa crécelle. Pressent-elle que sa fortune vient de basculer et qu'elle est sur le point de rejoindre les rangs des déshérités ? En passant devant la buanderie, elle constate l'absence de Penny et se maudit de l'avoir laissée s'introduire ici. Puis elle se presse vers la soute à charbon, bien qu'elle sache déjà ce qui l'attend, car elle a reconnu l'odeur de l'argent à travers les brumes de la fumée.

Un beuglement : voilà à quoi ressemble son cri de désespoir devant le rougeoiement des dernières braises sur le sol de la chambre verte. Il est trop tard pour sauver le moindre billet, mais ça n'empêche pas notre matrone de fouiller à pleines mains, au risque de se brûler, dans les décombres de ses vingt-six ans de patiente économie, de vols éhontés, d'extorsions, de détournements de fonds, d'avarice vicieuse. De la masse de liasses, il ne reste qu'une épaisse couche de cendres floconneuses, grasses de suie, qui vont se mêler à l'écume qui se forme au coin des lèvres d'Estelle et lui font des coulées noires sur le menton. Je dois l'avouer : je me sens rassérénée de la voir ramper ainsi, égarée sans la boussole qui donnait l'unique direction à sa vie.

Elle se roule à présent dans la cendre, implorant la pitié de Sa Majesté, telle une pécheresse en quête d'absolution, incapable d'échapper à son châtiment. Mais elle n'est pas encore prête à s'avouer vaincue. Au moment où je la crois anéantie, elle se relève avec un cri de triomphe. Dans les reliefs de l'incendie, sa main a rencontré la brique contenant la Pièce Mère de Prosper, et elle la brandit comme une relique devant le portrait souillé de Sa Majesté.

«Tout n'est pas perdu, crie-t-elle à l'effigie de la reine. Notre fortune peut encore renaître de ses cendres!»

J'avais oublié la pierre angulaire sur laquelle j'ai été fondée et qui a servi d'assise fondamentale aux crimes de la famille Delorme. Par le pouvoir de la Pièce Mère, Estelle serait capable de trouver la force de rebâtir sa fortune sou par sou. Je ne peux pas la laisser sortir d'ici – et je sais ce qu'il me reste à faire pour lui régler son compte pour de bon.

☙

Il me suffit de provoquer un petit courant d'air pour que la porte de la chambre verte se referme avec fracas. Sous le choc, les pênes de la serrure s'enclenchent, et la pièce est scellée avec une parfaite étanchéité. Dans cet espace restreint dont l'oxygène a été évacué par la fumée, combien de temps un être vivant peut-il survivre? Une heure? Deux? Peut-être davantage, en restant immobile, en mesurant sa respiration. Or, Estelle s'épuise à marteler la porte à deux poings, à hurler les noms de ses belles-sœurs, à leur ordonner, entre deux quintes de toux, de venir la délivrer. Même si les trois sorcières l'entendaient, je doute qu'elles lèveraient le petit doigt pour l'aider.

Estelle est à bout de souffle, ses jambes n'arrivent pas à la soutenir. Elle s'affaisse dans la cendre avec la détermination de quelqu'un qui ne se relèvera plus. En tombant, elle referme les doigts sur la brique, essaie de la fendre avec le peu d'énergie qu'il lui reste.

La brique s'effrite un peu aux arêtes, mais son cœur résiste : pareille aux Delorme, elle n'entend pas céder sa fortune si facilement. En désespoir de cause, Estelle la porte à sa bouche. Elle ouvre toutes grandes les mâchoires et entreprend de la gruger à coups de dents. Ses incisives se cassent sur la brique avec un bruit qui choque les oreilles.

«Je vais mourir ici, mais mon argent, personne ne m'empêchera de l'emporter en paradis», hurle-t-elle, les gencives en sang.

Elle réussit enfin à dégager un coin de glaise cuite. Enhardie par son progrès, elle redouble d'ardeur en grognant comme un chacal sur une charogne. Croit-elle vraiment qu'en avalant la Pièce Mère elle la conservera dans son âme noire ? Il lui en faudra beaucoup plus pour payer son tribut à la nature. S'il y a une justice divine, Estelle sera bientôt emportée dans une chambre verte, pas très différente de celle-ci, illuminée par les flammes de l'enfer. Là, elle sera condamnée à regarder brûler son argent pour toute l'éternité et jusqu'à la fin des temps.

ÉPILOGUE

Les huissiers n'ont pas tardé à signaler leur macabre découverte aux autorités. Voilà les voitures de police qui s'amènent, toutes sirènes hurlantes, puis la camionnette de la morgue avec le coroner à son bord. Les enquêteurs font le tour des pièces pour s'assurer que je ne cache aucun autre squelette dans mes placards. Ils ne trouvent que des indices de la vie dissolue qu'ont menée Morula, Gastrula et Blastula depuis le matin où, constatant qu'Estelle n'était plus là pour les régenter, elles ont pris leurs aises et se sont laissées aller à leurs penchants naturels : l'aînée concoctant, dans un alambic de fortune, de l'essence de vanille frelatée; la cadette brûlant les calories en fumant des cigarettes; la benjamine restant des heures dans le bain pour soigner ses lésions cutanées.

Quelle vie de bâton de chaise elles ont menée pendant un an! Comme si elles étaient retombées en enfance, elles se tressaient les cheveux et y attachaient des rubans, se chamaillaient sans cesse, se lançaient des défis impossibles, se jouaient des tours aussi pendables que puérils. Sans personne pour leur imposer de couvre-feu, elles veillaient tard et se couchaient parfois à l'aube. Quand elles s'endormaient enfin, il n'était pas rare qu'elles fassent le tour du cadran. Bientôt, elles ne se sont même plus donné la peine de s'habiller et traînaient en robe de chambre toute la journée. D'Estelle, de Louis-Dollard, de Vincent, elles ne prononçaient jamais les noms. En revanche, elles évoquaient souvent « papa » et ne cessaient de le féliciter pour la prévoyance dont il avait toujours fait preuve, laquelle leur permettait de vivre dans l'aisance.

Ayant toujours été tenues à l'écart de la gestion du foyer, que savaient-elles des obligations financières d'un ménage ? Elles ne se demandaient pas comment elles paieraient l'épicerie une fois dilapidé l'argent de la petite caisse. Elles croyaient que l'eau, l'électricité, le chauffage, les services municipaux étaient offerts gracieusement par l'Enclave. Quand le courant a été coupé, elles se sont éclairées à la chandelle. Quand les livraisons de mazout ont été interrompues, elles se sont chauffées en brûlant des portes d'armoires. Les huissiers ont découvert, dans le vestibule, une montagne de courrier jamais dépouillé : factures à payer, états de comptes en souffrance, avis de débranchement, menaces de poursuites, convocations en cour... Les trois sœurs ne se sont jamais doutées que le receveur général de l'État, agissant au nom de Sa Majesté, s'était penché sur les déclarations fiscales de Louis-Dollard et avait grevé sa succession d'un impôt dont il exigeait versement dans les délais les plus prompts – et dont le défaut de paiement leur vaudrait, finalement, un avis d'expulsion.

&

Pendant que les ambulanciers enveloppent la dépouille d'Estelle et l'emportent sur une civière, les voisins sortent sur leurs perrons et observent les manœuvres des policiers avec une curiosité mêlée d'indignation.

Jamais la quiétude de l'Enclave n'a été troublée par un tel scandale. Hier encore, cette attention malvenue m'aurait plongée dans l'embarras et je me serais morfondue de voir ma réputation irrémédiablement entachée. Pas aujourd'hui. Pour la première fois de ma vie, je ne ressens aucune honte, aucune crainte de ce que l'on pourrait penser de moi. Que m'importe d'être désormais associée à un drame sordide? Du haut de mes deux étages, je toise avec mépris le quidam qui osera me jeter la première brique.

J'imagine qu'après le départ des policiers, les huissiers enverront leur équipe de déménagement. Les colosses emporteront le canapé de cuir, le lit d'Estelle, le bureau de Louis-Dollard, le secrétaire à compartiment secret et aussi la pendule anniversaire. La voiture où mon vénéré fondateur a trouvé la mort sera envoyée à la fourrière. Le portrait de Sa Majesté et la brique contenant la Pièce Mère seront jetés au rebut.

Je me sens déjà vide, nue, dépossédée, et dans mes pièces résonne l'écho déclinant des voix qui m'ont habitée. Un chapitre de mon histoire vient de se clore, mais celle-ci est loin d'être terminée. Bientôt s'installera ici une autre famille, qui n'aura jamais entendu parler des Delorme et pour qui les origines de l'Enclave n'auront aucun intérêt. Ce seront sans doute des nouveaux riches qui voudront épater le voisinage et entreprendront de grands travaux de rénovation. J'aurai une nouvelle cuisine, une salle de bains moderne, un téléviseur couleur. J'entrevois déjà les soins dont on m'entourera, les tissus riches et les beaux bois dont on me meublera. J'accueillerai des fêtes d'enfants et des réceptions; à Noël, ma façade sera illuminée; à l'été, mes parterres seront fleuris... La chambre verte, enfin, sera scellée à jamais et, avec elle, tous mes souvenirs, tous mes secrets.

REMERCIEMENTS

À Antoine Tanguay, qui m'a envoyée dans ma chambre en réflexion et sans qui je n'en serais jamais ressortie.

À Chloé Legault, Tania Massault et Hugues Skene, qui travaillent avec l'inépuisable énergie d'une pendule anniversaire et pour qui les combinaisons d'Alto n'ont pas de secrets.

À Claude Aubin, qui a fait le grand ménage de la maison Delorme, et à Julie Robert, qui a parfait le nettoyage avec la redoutable efficacité du savon Cuticura.

À Ginette Haché et toute l'équipe de *L'actualité,* pour leur confiance et leur compréhension.

Au sucre à la crème des amis : Michèle Mayrand, Gilles Jobidon, Mathieu Langlois-Larivière, Jean-Philippe Chénier, David Dorais, Isabelle Grégoire, Marc Gamelin, Ihosvany Hernández González.

À mes trésors Catherine, Étienne, Mathieu et Mathilde, sans oublier Winnie, le fox-terrier qui monte la garde devant l'ordinateur.

À Jean-Claude, pour les mots partagés et les paroles tenues.

Et à Serge, qui est toujours là.

DÉJÀ PARUS CHEZ ALTO

Sophie BEAUCHEMIN
Une basse noblesse

Deni Y. BÉCHARD
Remèdes pour la faim

Alexandre BOURBAKI
Traité de balistique
Grande plaine IV

Patrick BRISEBOIS
Catéchèse

Eleanor CATTON
Les Luminaires

Sébastien CHABOT
Le chant des mouches

Richard DALLAIRE
Les peaux cassées

Martine DESJARDINS
Maleficium
La chambre verte

Patrick deWITT
Les frères Sisters

Nicolas DICKNER
Nikolski
Tarmac
Le romancier portatif
Six degrés de liberté

**Nicolas DICKNER et
Dominique FORTIER**
Révolutions

Christine EDDIE
Les carnets de Douglas
Parapluies
Je suis là

Max FÉRANDON
Monsieur Ho
Un lundi sans bruit
Hors saison

Isabelle FOREST
Les laboureurs du ciel

Dominique FORTIER
Du bon usage des étoiles
Les larmes de saint Laurent
La porte du ciel
Au péril de la mer

Steven GALLOWAY
Le soldat de verre

Karoline GEORGES
Sous béton
Variations endogènes

Tom GILLING
Miles et Isabel ou
La belle envolée

Rawi HAGE
Parfum de poussière
Le cafard
Carnaval

Clint HUTZULAK
Point mort

Toni JORDAN
Addition

Andrew KAUFMAN
Minuscule
Les Weird

Serge LAMOTHE
Le Procès de Kafka et
Le Prince de Miguasha (théâtre)
Tarquimpol
Les enfants lumière

Lori LANSENS
Les Filles
Un si joli visage

Margaret LAURENCE
Une maison dans les nuages

Catherine LEROUX
La marche en forêt
Le mur mitoyen
Madame Victoria

Marina LEWYCKA
Une brève histoire du tracteur en Ukraine
Deux caravanes
Des adhésifs dans le monde moderne
Traders, hippies et hamsters

Annabel LYON
Le juste milieu
Une jeune fille sage

Howard McCORD
L'homme qui marchait
sur la Lune

Anne MICHAELS
Le tombeau d'hiver

Sean MICHAELS
Corps conducteurs

David MITCHELL
Les mille automnes de Jacob de Zoet

Claire MULLIGAN
Dans le noir

Elsa PÉPIN
Les sanguines

Marie Hélène POITRAS
Griffintown

Paul QUARRINGTON
L'œil de Claire

C S RICHARDSON
La fin de l'alphabet
L'empereur de Paris

Diane SCHOEMPERLEN
Encyclopédie du monde visible

Emily SCHULTZ
Les Blondes

Neil SMITH
Boo
Big Bang

Larry TREMBLAY
Le Christ obèse
L'orangeraie

Élise TURCOTTE
Le parfum de la tubéreuse

Hélène VACHON
Attraction terrestre
La manière Barrow

Dan VYLETA
Fenêtres sur la nuit
La servante aux corneilles

Sarah WATERS
L'Indésirable
Derrière la porte

Thomas WHARTON
Un jardin de papier
Logogryphe

Alissa YORK
Effigie

DÉJÀ PARUS DANS LA COLLECTION CODA

Alexandre BOURBAKI
Traité de balistique

Martine DESJARDINS
Maleficium
L'évocation

Patrick deWITT
Les frères Sisters

Nicolas DICKNER
Nikolski
Tarmac

Christine EDDIE
Les carnets de Douglas
Parapluies

Max FÉRANDON
Monsieur Ho

Dominique FORTIER
Du bon usage des étoiles
Les larmes de saint Laurent
La porte du ciel

Rawi HAGE
Parfum de poussière

Andrew KAUFMAN
Tous mes amis sont des superhéros

Lori LANSENS
Les Filles
Un si joli visage
La ballade des adieux

Margaret LAURENCE
Le cycle de Manawaka
L'ange de pierre
Une divine plaisanterie
Ta maison est en feu
Un oiseau dans la maison
Les Devins

Catherine LEROUX
La marche en forêt
Le mur mitoyen

Annabel LYON
Le juste milieu

Marie Hélène POITRAS
Griffintown

C S RICHARDSON
La fin de l'alphabet

Larry TREMBLAY
Le Christ obèse
L'orangeraie

Thomas WHARTON
Un jardin de papier

Composition : Hugues Skene
Conception graphique : Antoine Tanguay et Hugues Skene (KX3 Communication)
Révision linguistique : Claude Aubin
Correction d'épreuves : Julie Robert

Éditions Alto
280, rue Saint-Joseph Est, bureau 1
Québec (Québec) G1K 3A9
editionsalto.com

ACHEVÉ D'IMPRIMER
CHEZ MARQUIS IMPRIMEUR
EN FÉVRIER 2016
POUR LE COMPTE DES ÉDITIONS ALTO

L'impression de *La chambre verte* sur papier Rolland Enviro100 Édition
plutôt que sur du papier vierge a permis de sauver l'équivalent de 17 arbres,
d'économiser 63 786 litres d'eau et d'empêcher le rejet de 782 kilos
de déchets solides et de 2 565 kilos d'émissions atmosphériques.

Dépôt légal, 1er trimestre 2016
Bibliothèque et Archives nationales du Québec